MW00529434

EL BARCO
DE VAPOR

El fabuloso Mundo de las Letras

Jordi Sierra i Fabra

Ilustraciones de Ivan Castro

sm

fundación sm

**La Fundación SM destina los beneficios
de las empresas SM a programas culturales
y educativos, con especial atención a los
colectivos más desfavorecidos.**

Si quieres saber más sobre los programas
de la Fundación SM, entra en
www.fundacion-sm.org

LITERATURA**SM**•COM

Primera edición: mayo de 2008
Decimonovena edición: mayo de 2019

Gerencia editorial: Gabriel Brandariz
Coordinación editorial: Carolina Pérez
Coordinación gráfica: Lara Peces

© del texto: Jordi Sierra i Fabra, 2000
www.sierraifabra.com
© de las ilustraciones (excepto págs. 59, 60, 66, 67, 72,
73, 139, 141, 143, 146-147, 165, 182-183): Ivan Castro, 2015
© Ediciones SM, 2015
Impresores, 2
Parque Empresarial Prado del Espino
28660 Boadilla del Monte (Madrid)
www.grupo-sm.com

ATENCIÓN AL CLIENTE
Tel.: 902 121 323 / 912 080 403
e-mail: clientes@grupo-sm.com

ISBN: 978-84-675-7784-6
Depósito legal: M-36563-2014
Impreso en la UE / *Printed in EU*

A Z

A Virgilio no le gustaba leer.

Más aún: Virgilio odiaba leer.

Cierto que la palabra «odiar» es fuerte, espantosa, pero... era la realidad. Lo decía y reconocía él mismo, sin tapujos:

–Odio leer.

Y se quedaba tan campante.

De hecho todo había comenzado un día, mucho antes, cuando apenas salía de párvulo, y su profesora le había dicho:

–Virgilio, vas a leerte este libro.

Él preguntó:

–¿Por qué?

Y la profesora le soltó un grito:

–¡Porque te lo digo yo y se acabó!

Por lo que podía recordar, ese fue el origen, pero desde luego no todo residía en su rebeldía natural. No le gustaba que le dijeran que hiciera las cosas porque sí. Quería que le dieran un motivo lógico. Es cierto que la idea de leer nunca le había cautivado, pero solo le faltó que la maestra le diera aquella orden: cogió manía a los libros. Eran gordos –hasta los más finos le parecían gordos, como si tuviera anorexia en la vista–, estaban llenos de letras, de palabras que no entendía –y como no leía, aún las entendía menos, por supuesto–, y contaban historias que no le interesaban lo más mínimo. Tampoco le interesaban las historias de las películas que veía por la tele, pero al menos en las películas no tenía que imaginarse nada; allí se lo daban todo hecho, y encima se oían tiros y había persecuciones y...

Leer era como estudiar.

Y estudiar había que hacerlo, aunque fuese por necesidad, para aprender, no ser un ignorante, sacarse un diploma para encontrar un trabajo y todas esas cosas. Vale. Pero leer no era ninguna necesidad. Su padre no leía libros. Su madre no leía libros. Y estaban tal cual, ¿no? Trabajaban como locos para sacar la casa adelante como cualquier familia, y ya está.

Cierto que su padre le decía aquello de:

–Estudia, Virgilio, estudia, o serás un burro como yo, que no tuve tus oportunidades. ¡Ah, si pudiera volver atrás y empezar de nuevo!

Virgilio estaba seguro de que eso lo decían todos los mayores. ¿Volver atrás? ¿Empezar de nuevo? ¿Tener que ir a la escuela? ¡Ni locos, seguro!

Ser pequeño era un latazo.

Todo el mundo gritaba, ordenaba, mandaba, y tú ¡a callar y a obedecer!

Si no fuera porque era muy larga y estaba seguro de que no la comprendería, se habría leído la Declaración de Derechos Humanos para enterarse de si lo que le obligaban a hacer era legal o no. Como por ejemplo lo de leer. Semejante tortura mental no podía ser buena.

Y no era el único que pensaba así, por lo cual deducía que tampoco iba desencaminado del todo.

Salvo algunos listillos, en su clase al menos un tercio opinaba lo mismo de forma más o menos velada.

Así que cuando la profesora, la señorita Esperanza, les dijo aquello, se armó la revolución.

–Este trimestre vamos a leer este libro, y después vendrá el autor a hablar con nosotros.

Media docena de chicos y chicas de la clase se emocionaron mucho. Iban a ver a un escritor de carne y hueso. Virgilio creía que todos los escritores estaban muertos, o si no, que eran muy viejos, viejísimos, y tenían ya un pie en el otro barrio. O sea, que se sorprendió por la noticia. Le provocó cierta curiosidad que disimuló. En su mismo caso estaban otra docena de chicos y chicas. Se miraron entre sí sin decir nada. El resto protestó. Habrían protestado igual aunque la maestra les acabase de anunciar cualquier otra cosa, por llevar la contraria e incordiar.

Luego, al salir de clase, hubo comentarios para todos los gustos.

–Será un muermo, seguro.

–Sí, un señor mayor, calvo, barrigón, con un bastón, cara de pocos amigos, y nos soltará el rollo de siempre.

–¡Qué aburrimiento!

María, como era habitual, fue positiva.

–Pero nos saltaremos una clase, ¿no?

Tuvieron que reconocer que eso era cierto.

El libro que tenían que leer era de los «gordos». Y sin dibujos. Un peñazo. A Virgilio le molestó incluso tener que ir a la librería y comprarlo. Estuvo a punto de proponerle a su compañero del alma, Tomás, que se compraran uno y lo compartieran. Pero la señorita Esperanza, que se las sabía todas, les dijo que quería verlos con sus respectivos libros en la mano. No había escape.

Tenían tres meses para leerlo. Todo el tiempo del mundo.

A los pocos días, la media docena de entusiastas que esperaba la visita del escritor como agua de mayo, ya comentaban y discutían entre sí aspectos de la novela, lo mucho que les había gustado, lo bien que escribía el escritor, lo fascinante de la historia.

Virgilio los contemplaba como si fueran de otro mundo.

Un mes después, el libro seguía sobre su mesa de trabajo, en casa. La profesora les preguntaba a los reticentes y ellos decían que «lo estaban leyendo».

–Pero ¿cómo puede tardarse un mes en leer un libro?

–A una página por día...

La señorita Esperanza se ponía pálida.

–¿Una pa... pa... página por día?

Dos meses después, Virgilio seguía sin tocar el libro. Era de los pocos que aún no lo habían terminado.

Y cada vez más compañeros y compañeras, cuando concluían su lectura, se manifestaban entusiasmados y emocionados con ella.

Le picaba la curiosidad, pero nada más.

Así, sin darse cuenta, comenzó a transcurrir el tercer mes.

El escritor daría su charla una semana después.

Aquella misma noche, acorralado, furioso, lleno de amargura porque tenía cosas más importantes e interesantes que hacer, Virgilio cogió la dichosa novela y empezó a leerla.

Una página.

Dos.

Ni siquiera se dio cuenta. A la tercera, ya estaba enganchado.

Algunas palabras no las entendía, pero no perdió el tiempo en buscarlas en el diccionario. Prefería subrayarlas y ya las buscaría después. No podía dejarlo. Era trepidante, divertido, frenético, excitante, y además la historia le pareció fascinante. Muy bien pensada, y aún mejor contada.

Aquel escritor era un genio.

Solitario, seguro. Pero un genio al fin y al cabo.

La excepción que confirmaba la regla, porque el resto, el resto de autores, Virgilio continuaba pensando que eran espantosamente aburridos, como los libros que escribían.

Cuando su madre le vino a buscar para cenar, le dijo que no tenía hambre.

Su madre le puso la mano en la frente al momento, dispuesta a comprobar si tenía fiebre.

Cenó a regañadientes, pero después pasó de ver la tele. Volvió a su habitación para seguir leyendo la novela. En esta oportunidad fue su padre el que le preguntó si pasaba algo, si tan mal iba en los estudios que se portaba bien de pronto para que no le castigaran en junio. Cuando le dijo que estaba leyendo un libro genial, su padre se quedó boquiabierto.

–Este chico... –comentó exhibiendo una sonrisa en dirección a su mujer–. Aún haremos algo con él.

Aquella noche tuvieron que apagarle la luz y quitarle el libro de las manos, porque no dejaba de leer ni un solo segundo. Acababa una página y empezaba la siguiente con avidez. Concluía un capítulo y se zambullía en el inmediato dispuesto a saber cómo proseguía la historia. Se daba cuenta de la agilidad del relato, de lo bien descritos que estaban los personajes, de lo excitante que era la progresión de la trama, y de que los capítulos, al ser muy cortos, incitaban a no parar. ¡Ah, sí, el escritor se las sabía todas, pero era un tipo genial! ¡Genial!

Seguro que tenía todos los premios habidos y por haber, incluido el Nobel.

¿Por qué no hacían películas de novelas como aquella, en lugar de las tonterías que se tragaba a diario por la tele?

Al día siguiente se llevó el libro al cole.

Continuó leyéndolo a la hora del patio.

Y por la noche, en casa, se repitió el numerito del día anterior. Su padre incluso cogió el libro para mirar el título, no fuera a tratarse de algo malo. Se quedó bastante impresionado.

–Pues vaya –suspiró–. Y pensar que solo vale un poco más que dos paquetes de tabaco, que es lo que me fumo al día.

Lo catastrófico fue que, justo antes del último capítulo, le obligaron a apagar la luz. No sirvieron de nada sus protestas. De nada.

Por eso esperó un ratito y, cuando sus padres se hubieron acostado, encendió de nuevo la luz y devoró las últimas cinco páginas de la novela, aquellas en las que todo se resolvía, todo cuadraba, todo encajaba.

Al cerrar el libro, tuvo un extraño sentimiento de pena.

Por haberlo terminado.

Claro que siempre podía volver a leerlo.

Virgilio se tendió en la cama, de nuevo a oscuras, y su mente se llenó de imágenes, recapitulando cada acción, los diálogos, la intensidad de aquella estupenda novela.

Estaba muy excitado.

Pese a lo cual, se durmió inmediatamente.

Soñó que él era el protagonista de la historia.

Los días que transcurrieron entre eso y la llegada del escritor, los vivió con mayor expectación. Quería conocer a la persona que había sido capaz de escribir algo como aquello. Eso sí, para salvaguardar su imagen, no le dijo ni a Tomás que ya había leído la novela. No fuera a pensarse nada raro.

En parte... le molestaba tener que reconocer que el libro era muy bueno.

Aunque por un libro...

El día en que el escritor fue a hablar al colegio, Virgilio se sentó en primera fila.

EL ESCRITOR NO ERA VIEJO, ni estaba calvo, ni tenía barriga, ni ponía cara de que le doliera algo, ni llevaba bastón. Más bien era todo lo contrario: cincuenta años, una abundante melena heredada de sus días jipiosos y roqueros, muy delgado, sonreía y bromeaba a cada momento y vestía de manera informal.

En lugar de sentarse en la silla, detrás de la mesa que le habían preparado para la charla, se sentó encima de la mesa. Destilaba una energía total. Cuando empezó a hablar, su voz sonó como un flagelo. A los cinco minutos, a Virgilio y a sus compañeros ya les dolían las mandíbulas de tanto reírse. A los diez, sin embargo, estaban callados como tumbas, para no perderse un ápice de aquel torrente verbal. Casi ni se dieron cuenta de lo rápidos que empezaron a transcurrir los minutos de aquella hora.

Y decía cosas muy interesantes.

Y las decía con una sonrisa en los labios.

Cuanto más serias, profundas o fuertes, más sonreía.

—Es un tipo legal —susurró a su lado Pedro.

Cierto. Los mayores les vendían tantas motos que a veces encontrar a uno que fuese honesto, auténtico...

Lo que decía el escritor no sonaba a monserga, ni a rollo, ni a clase, ni a dogma, ni a nada que no fuese la naturalidad con que lo contaba todo.

Incluso lo de «leer».

–¿Qué queréis que os diga? A mí me salvó la vida leer, porque yo nací pobre, tartamudo, y según todo el mundo era un inútil. No recuerdo nada de lo que he estudiado, pero sí recuerdo todo lo que he leído. Y si lees cada día, es como hacer tres carreras. Además, leer es mágico. Un libro es como un disco, una película, un videojuego. Es puro entretenimiento, solo que diferente.

Hubo polémica. Alguien le preguntó por qué leer era tan importante, y expuso una teoría peregrina:

–Veréis, cuando veo una película en televisión, no dejo de sentirme un poco tonto, porque en el instante en que dan los anuncios, sé que medio millón de personas vamos a hacer pis, y otro medio se levanta para llamar por teléfono, hacerse un bocadillo o lo que sea. Y eso de hacer pis cuando lo «ordena» la tele... aunque tenga ganas, me hace sentir como un tonto. En cambio, leer un libro es puro individualismo, un acto de amor total, porque estás tú solo con el libro. Es muy difícil que alguien lea el mismo libro en el mismo momento, aunque no imposible; pero sí es casi imposible que lea la misma página, y ya es absolutamente imposible que, aunque lo haga, sienta lo mismo. Esa es la clave. Si no sentimos nada, estamos muertos.

Luego se enrolló diciendo que lo mismo que un coche necesita gasolina para moverse, y el ser humano comida para existir, también el coche necesita aceite cada seis meses para estar engrasado, y añadió que el único aceite que conocía para engrasar la mente era leer.

Convenció a bastantes, aunque los reticentes...

–Yo prefiero jugar al fútbol, ver una peli en la tele, darle a un videojuego... –insistió Gonzalo.

La discusión fue total, pero el escritor ni se enfadó ni se puso plasta. Dijo que cada cual tenía el derecho de ser libre y escoger su vida, aunque se sentía triste cuando alguien le decía que no le gustaba leer.

O peor aún, que odiaba leer.

Virgilio se puso un poco rojo.

Después de lo mucho que le había gustado el libro, se sentía un tanto raro, culpable.

¿Tendría el escritor otros libros parecidos?

¿Conocería novelas tan interesantes como la suya?

Al terminar la charla, ovación incluida para el agotado autor, la clase entera formó una cola para que les dedicara los correspondientes libros. Virgilio esperó a ser el último, aunque Mercedes y Amparo también querían serlo, para que el escritor les hablase de música y de los artistas que conocía. Logró su propósito, dispuesto a perderse el recreo. Y cuando el hombre abandonaba el salón de actos, le asaltó con la mejor de sus determinaciones, aunque tampoco era necesario demasiado para que el escritor siguiera hablando como si tal cosa.

Parecía encantarle.

–Oiga, quiero que sepa que su libro es estupendo –fue lo primero que le dijo a solas.

–Me alegro de que te haya gustado. Creo que es una buena novela.

–Es genial –insistió Virgilio–. Se lo digo yo.

–Vaya, pareces un experto –se alegró el hombre.

–No, al contrario. Es el primer libro que leo entero y me gusta.

Se lo dijo con abierta sinceridad y franqueza, como el que va al médico y le cuenta todo.

–Entonces lo lamento –suspiró el escritor con un asomo de tristeza en los ojos.

–Por ese motivo quería hablar con usted –le tranquilizó Virgilio–. Quiero que me diga títulos de novelas suyas tan buenas como esta, o de otros autores.

El autor del libro que «casi» había cambiado su vida se le quedó mirando con seriedad.

–No servirá de nada que te diga una docena de títulos míos –le explicó–, o de otros escritores. Siempre tropezarás con un libro que no te guste, y volverás a dejar de leer.

–Entonces, ¿qué puedo hacer? –quiso saber Virgilio.

–Tú deberías leer El Libro.

–¿Qué libro?

–El Libro –se lo repitió enfáticamente.

–¿Se llama así, «El Libro»?

–Se llama de muchas formas, pero esta es la más simple.

–¿Y es bueno?

El escritor mostró una de sus sonrisas contagiosas. Le puso una mano amiga en el hombro.

–Virgilio... Porque tú eres Virgilio, ¿verdad? –continuó al asentir él con la cabeza–. El Libro es decisivo. No se trata de que sea bueno o malo. Es algo más. Si al terminarlo no estás motivado para seguir leyendo el resto de tus días... es que eres un caso perdido. Tampoco se trata de algo mágico, o desternillante, o emocionante, o maravilloso. Es solo un libro, El Libro. Y según parece, tú estás en el momento oportuno para acercarte a él.

–¿Quién es el autor?

–No tiene autor.

–¿Es anónimo?

–Tampoco es exactamente eso.

A Virgilio empezaba a sonarle un poco raro todo aquello.

–¿Lo venden en cualquier librería?

–No –dijo el escritor con suavidad y algo de misterio–. El Libro no se vende.

–Pues si no se vende...

–¿Y para qué están las bibliotecas? El Libro únicamente puede leerse en la biblioteca pública.

–¿En cuál?

–En cualquiera. Tú entra, dirígete al bibliotecario o bibliotecaria, le dices que te envío yo y que quieres leer El Libro. Nada más.

No le tomaba el pelo. Hablaba en serio. Era de lo más sorprendente y, a pesar de sonar un tanto peregrino, Virgilio supo que no había nada de falso en las palabras del hombre. Le bastaba con mirarle a los ojos, y con sentir el arropamiento de su voz, y con notar la presión de aquella mano en su hombro.

Por la puerta del salón de actos aparecieron la señorita Esperanza y la directora del colegio, extrañadas de que su invitado tardara tanto. Aún le pegarían la bronca por entretenerle. Y luego se quejaban de que no demostraban «entusiasmo» por nada.

–Gracias –le dijo al escritor.

–A ti por tus palabras, amigo.

–Leeré ese libro, se lo prometo.

–En el fondo, ni siquiera hay que leerlo –el hombre dio un primer paso alejándose de él–. Hay que sentirlo.

Virgilio se quedó boquiabierto.

–Ah...

El escritor le tendió la mano. Se la estrechó. Su sonrisa fue como un manto. El chico se sintió muy bien, tranquilo, en paz.

Luego, el autor dio media vuelta y se reunió con las dos mujeres que ya le esperaban para acompañarle a tomar algo o hasta la salida.

Virgilio se quedó solo.

Inquietamente feliz.

O, por lo menos, algo así.

Virgilio salía de la escuela aún conmocionado por las palabras del escritor, y por ello con la cabeza en las nubes, cuando se tropezó con Tomás. Su amigo del alma le estaba esperando subido al muro exterior del colegio.

–¡Eh! –le llamó Tomás al ver que iba a pasar cerca sin siquiera mirarle.

–Ah, hola.

–¿Qué te ocurre?

–Nada, nada.

–Jo, pues tienes peor aspecto que yo, que ya es decir –Tomás saltó al suelo y se puso a caminar a su lado–. ¿También te ha cogido por su cuenta el Servando?

El profesor de matemáticas era uno de los «ogros» de la escuela.

–No, no es eso –dijo Virgilio–. Es por el escritor.

–Qué tío más chulo, ¿no? –se animó Tomás.

–Sí –reconoció su amigo.

–Un poco chalado, pero eso debe de darlo ser artista –manifestó con plena seguridad Tomás.

–Yo no creo que estuviese loco –dijo Virgilio–, aunque sí tenía algo especial. Cuando hablaba de la vida y el amor, de los sentimientos y las emociones, de que seamos nosotros mismos siempre, de...

–Sí, claro. Eso lo dice él porque ya tiene éxito y todo le ha salido bien en la vida.

–Un día fue como nosotros, también tuvo doce años, y ya soñaba con ser escritor –le recordó Virgilio.

Iba a contarle lo de El Libro, pero de pronto optó por callar. Sin saber muy bien la razón. Recordó que el escritor le había dicho que «ya estaba preparado para leerlo». ¿Lo estaría Tomás?

¿Y si, después de todo, le había tomado el pelo, y la primera bibliotecaria a la que preguntara le echaba con cajas destempladas de la biblioteca?

Mejor callar.

–Tendré que acabarme la novela –oyó rezongar a Tomás–. Todos decís que es tan buena... Además, la Espe querrá un trabajo para el examen –suspiró abatido–. Al final se me va a juntar todo, como siempre, y ¡hala, a catear, y a soportar el mosqueo de mi padre, y a pasarme un verano de perros!

–¿Has tenido algún problema con don Servando?

–¿Problema? ¡Qué va! Se ha puesto irónico. Yo diría incluso que se ha puesto en plan pasota. Me ha cogido y me ha dicho –Tomás se dispuso a hacer una de sus estupendas imitaciones del profesor de matemáticas–: Querido, no voy a perder el tiempo hablando con usted, recordándole que dos y dos no son cinco ni nada por el estilo. Voy a tratar, simplemente, de saber si tiene usted cerebro, o sea, si vale la pena que me digne leer sus exámenes o no. Por ese motivo voy a ponerle una prueba. Si es capaz de resolver el enigma que le plantearé, aprobará el trimestre, no por su contribución a las matemáticas, sino por tener cabeza. Algo es algo.

–¿En serio? –Virgilio alucinaba.

–Como te lo digo –Tomás bajó los ojos al suelo–. Lo malo es que ya se ha encargado de recordarme él que la dichosa prueba no la ha resuelto nadie jamás a la primera. Así que lo tengo crudo.

–¿Cómo? ¿La llevas encima?

–He de darle la solución mañana por la mañana.

–¿Te la ha dejado llevar a casa?

–Sí.

–¡Entonces está chupado! –exclamó Virgilio–. ¡Seguro que alguien da con la respuesta!

–¿Tú crees que alguien es capaz de resolver esto?

Y le enseñó a su amigo un pedazo de papel que extrajo del bolsillo, con cinco figuras escritas pulcramente.

Virgilio las contempló igual que si fueran un galimatías sin sentido.

–¿Y eso qué es? –se atrevió a preguntar.

–¡Eso es lo que digo yo! –lamentó su amigo–. Hay que averiguar cuál es la figura que sigue, la siguiente en ese orden lógico. Bueno, «lógico» según el Servando, claro, porque a mí me parece una memez. ¡Peor que esos jeroglíficos egipcios del museo que fuimos a ver el mes pasado! ¡Yo qué sé cuál puede ser la figura siguiente! ¡Llevo un buen rato mirándolo, y cuanto más lo miro, más absurdo me parece!

–¿Y te ha dicho que nadie...?

–¿Qué te parece? ¡He tenido que aguantar su sonrisita diciéndome que es tan sencillo que el hecho de que nadie lo haya resuelto demuestra lo mal que está la raza humana! Según él, hemos dejado de pensar.

Don Servando era mucho don Servando.

A su lado, la señorita Esperanza era el ángel de la guarda.

–No sé qué decirte –se solidarizó Virgilio con su compañero–. Parece muy complicado, desde luego. Y seguro que al fin y al cabo tendrá truco, una chorradita.

–Ya, eso es lo que más me duele. ¡Mañana tendré que aguantar sus chanzas sobre lo de mi cerebro, y encima... el cate de turno! ¡Parece mentira que mi abuelo aún me diga que «esta es la mejor etapa de la vida» y que «ojalá pudiera volver a la niñez»! ¡Sí, hombre, venga ya!

El dolor le rezumaba por los ojos, por la voz y por cada gesto de sus manos desocupadas, pues llevaba los libros en la mochila colgada a la espalda, lo que le hacía caminar encorvado como si fuera un caracol con patas. Virgilio tenía suerte, al menos ese día. Iba de vacío tras haber dejado la cartera en su armario del cole.

–Bueno, ya lo he memorizado –dijo sin mucha convicción Virgilio–. Si se me ocurre algo...

–Vale –se resignó para lo peor Tomás.

Su amigo tampoco era ningún héroe de las matemáticas.

Habían llegado al punto en el que los dos se separaban para ir a sus respectivas casas salvo que se encaminaran al parque situado entre sus dos calles. De hecho, aquel era uno de los días en que ninguno tenía actividades extra. Disponían de unos quince o veinte minutos libres.

Pero los ánimos no los acompañaban.

Especialmente el de Tomás. Virgilio lo que deseaba era preguntar cuanto antes por la biblioteca más cercana a su casa.

—Hasta mañana —se despidió.

—Voy al parque a ver si resuelvo este enigma —se empeñó con un deje de puntilloso orgullo su amigo—. ¡No sabes cuánto me gustaría llegar mañana y ponerle en las narices el problema resuelto al Servas!

Se separaron en la esquina. Tomás caminó hacia la izquierda. Virgilio tomó hacia la derecha. Lamentaba la suerte del pobre Tomás. Pero en ocasiones no había nada que hacer. ¿Cómo se sacaba agua del desierto, o se pretendía que una semilla germinara en una piedra?

Eran imposibles.

Aunque más imposible resultaba que él hubiera leído un libro, le hubiera gustado y estuviera dispuesto a ir a una biblioteca a buscar otro...

—¡Qué cosas! —sonrió perplejo.

Si llegaba temprano a casa y su madre sabía de alguna biblioteca cercana, o la conocía el vecino del quinto, que leía mucho, a lo mejor aún tenía tiempo de acercarse y pedir ese libro, El Libro, para empezar a leerlo.

Claro que quizá tenía que darse de alta y pagar una cuota o algo así.

Su padre, entonces, le diría que no estaba para gastos.

No tenía ni idea de cómo funcionaban las bibliotecas.

Nunca había estado en ninguna.

Iba a cruzar la calle, envuelto en sus pensamientos, cuando de pronto, al levantar la cabeza, se quedó mudo.

Allí, frente a él, en la acera opuesta, en el mismo lugar por el que pasaba cada día cuatro veces, dos al ir a la escuela y dos al regresar, vio el letrero, discreto pero evidente, orlado con pomposa magnificencia, tan bonito y curioso que apenas si pudo creerlo.

Una biblioteca.

Vamos, que lo ponía bien claro. Así:

Virgilio estaba boquiabierto.

Pero lleno de entusiasmo, feliz, sin preocuparse de lo extraordinario del caso, porque para eso la vida estaba llena de casualidades y sorpresas, cruzó la calle a la carrera dispuesto a aprovechar aquellos quince minutos de que disponía antes de llegar a casa.

LA BIBLIOTECA PARECÍA un lugar muy agradable. Fresco, acogedor, tranquilo y, por la hora o por la razón que fuese, despejado, sin gente. Casi le dio por pensar que no había nadie, y que los lectores entraban y salían de allí como Pedro por su casa, dejando y cogiendo libros sin mayores problemas.

A fin de cuentas, siempre había sospechado que los que leían libros eran bastante raros.

Pero sí había alguien.

La vio cuando sus ojos se habituaron a la penumbra. Una mujer.

Tendría unos treinta, o cuarenta, o cincuenta años. No estaba muy seguro porque en eso de las edades de los mayores, siempre se equivocaba y metía la pata. Como muchos chicos y chicas de su edad, Virgilio opinaba que todo aquel con más de veinte años era «un adulto». Bueno, su prima Elisa aún no había cumplido los dieciocho y ya era más pava que... O sea, que la norma, encima, era elástica.

La señora daba la impresión de estar muy enfrascada anotando algo en un fichero, así que no reparó en él de momento. Mientras Virgilio se aproximaba a su mesa mostrador, paseó una asombrada mirada a derecha e izquierda.

Era alucinante.

Allí había miles, pero miles de libros, antiguos y modernos. Sus lomos, de todos los tamaños, brillaban con tantos colores y letras impresas. Casi sintió voces que lo llamaban. Y creyó ver destellos, como si fueran semáforos. La sola idea de que alguien se hubiera podido leer todo aquello le sobrecogió. Pero más lo hizo el hecho de que detrás de cada obra se escondiera el talento, el genio y el invisible rostro de una persona capaz de haberla escrito, pacientemente, palabra por palabra, letra a letra.

Igual que su amigo el escritor.

Curiosos locos aquellos hombres y mujeres que dedicaban la vida a contarles historias a los demás.

La biblioteca era cuadrada y tenía tres pisos, pero se trataba de un único espacio. Los libros ocupaban las estanterías de las cuatro paredes desde el suelo hasta el techo del tercer piso. Dos pasillos metálicos unidos entre sí por sendas escaleras de caracol rodeaban los dos pisos superiores, y había escaleras de mano para poder coger los volúmenes de los estantes más altos. En el centro de la planta baja había una docena de mesas rectangulares con lamparitas individuales para los lectores. El techo, de cristal labrado, era lo más bello que Virgilio recordase haber visto. Precisamente mirándolo absorto, casi ni se dio cuenta de que ya había llegado hasta el espacio ocupado por la bibliotecaria. Una señora bastante redondita.

La mujer le miraba con ojo crítico. Virgilio se detuvo frente a ella. Y de pronto no supo qué decir.

¿Pedía «El Libro», así, tal cual? Volvió a asaltarle la primera duda: ¿y si el escritor le estaba tomando el pelo y lo único que pretendía era reírse de él por haber leído tan poco? Bueno, más bien nada.

Se aprestó para echar a correr en dirección a la puerta si las cosas se torcían. La experiencia le decía que una huida a tiempo no tiene nada que ver con la honra si de lo que se trata es de salvar el pellejo.

–Buenas tardes –se oyó decir a sí mismo, muy cortés.

–Buenas tardes, ¿qué quieres? –le preguntó la bibliotecaria.

–Un... libro –tanteó Virgilio.

–¿Qué libro?

Era seria, pero no antipática. Más bien profesional. Muy profesional.

–Quería... –Virgilio tragó saliva–. Quería El Libro.

No tuvo que aclararle nada. Lo dijo de una forma precisa y concreta. «El Libro».

A la señora le cambió la cara. Se puso en pie.

Virgilio estuvo a punto de hacer lo que tenía pensado, echar a correr, pero se sintió como si alguien lo hubiese clavado al suelo.

–¿El Libro? –repitió ella con cierto misterio.

Tuvo deseos de gritar, pero se contuvo y solo dijo:

–Sí.

–¿Quién te envía?

¿Se lo decía?

Se lo dijo:

–Me envía el escritor.

Los ojos de la bibliotecaria destilaron una lucecita. Sus labios se curvaron levemente hacia arriba, como si las comisuras bailaran en los extremos. Su voz tuvo ecos musicales cuando preguntó:

–¿Él?

–Pues... sí, él –convino Virgilio.

Esperaba que mirara el fichero, o que se levantara para ir a buscar el curioso libro, o que le preguntara sus datos, o que le dijera que tenía que darse de alta como lector, o...

No sucedió nada de todo eso.

–Al fondo –señaló ella.

Virgilio volvió la cabeza. No la había visto, pero, en efecto, al fondo había una puerta con un rótulo que no podía leer desde allí. Una puerta y nada más. Vaciló, aún inseguro, pero al mirar de nuevo a la señora, la observó sonreír con una extraña ternura, un golpe de amor que era como si se le saliera del pecho. Daba la impresión de sentirse muy feliz.

–Gracias –dijo él.

–A ti –se sentó de nuevo ella sin dejar de acariciarle con los ojos.

–¿Voy...?

–Sí, sí, adelante –le invitó.

–Puedo volver mañana si es tarde o va a cerrar.

–Yo no cierro nunca.

Sus pupilas titilaron otra vez.

Virgilio ya no esperó más. Le tenía perplejo la actitud de la bibliotecaria, pero lo importante era que había dado con El Libro. No solo existía sino que, como le había dicho el escritor, estaba en cualquier biblioteca. Asombroso.

¡Qué cosas pasaban!

Caminó hacia la puerta indicada con paso todavía vacilante e inseguro. Un par de veces miró atrás, y en las dos se encontró con el rostro confiado, feliz y dulce de la bibliotecaria viendo su avance. Se concentró en su objetivo. Cuando por fin pudo ver el rótulo de la puerta, abrió los ojos. La frase era de lo más singular. Decía:

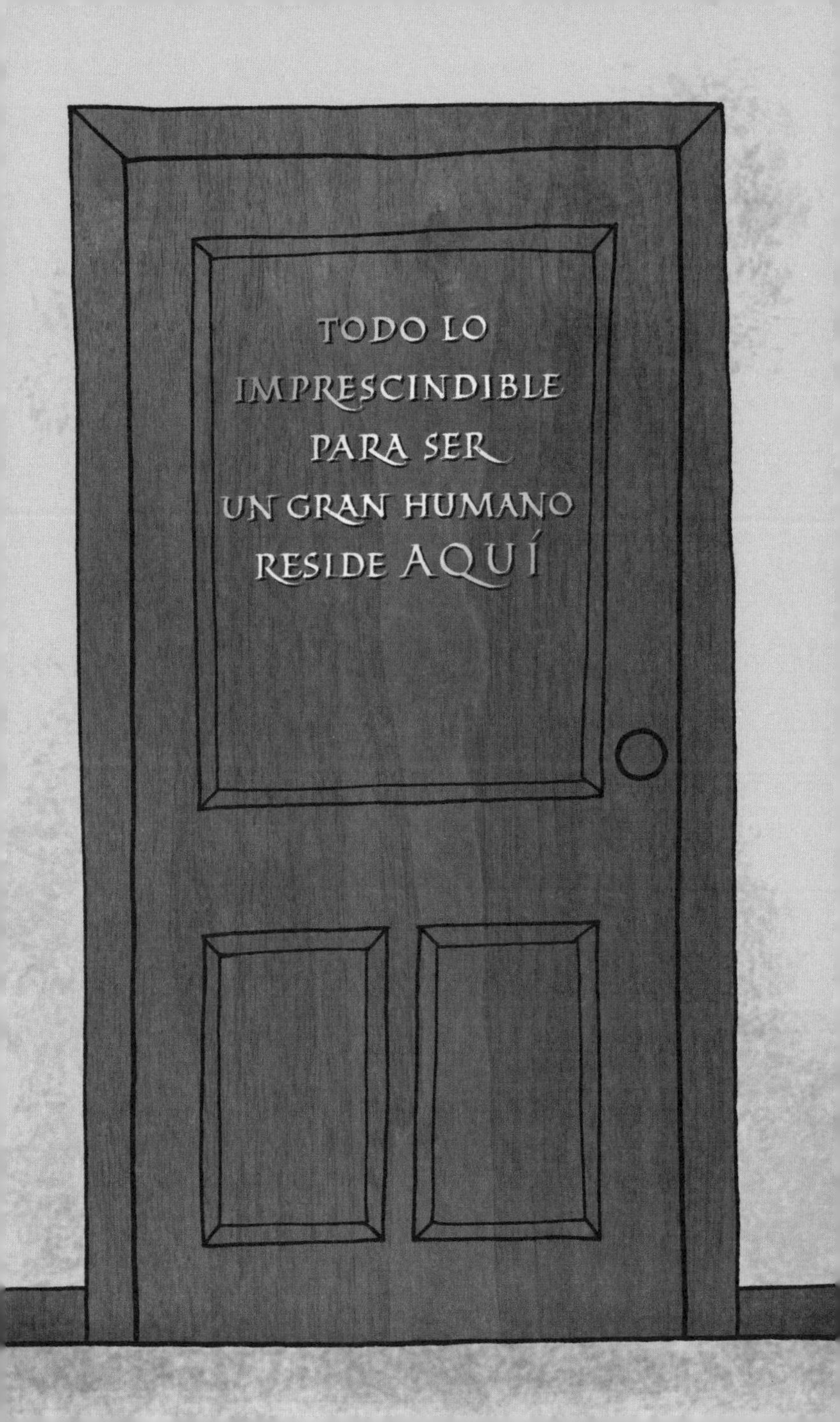
TODO LO
IMPRESCINDIBLE
PARA SER
UN GRAN HUMANO
RESIDE AQUÍ

No supo si entrar. ¿Qué podía haber al otro lado? ¿Qué era lo único que se necesitaba para ser una buena o una gran persona?

¿El Libro?

¿Era eso?

¡Como resultase que todo aquello estaba montado para suscribirle a una enciclopedia...!

Puso la mano en el tirador de la puerta y lo movió hacia abajo. La hoja de madera cedió sin apenas empujarla. Metió la cabeza por el hueco.

Primero no vio nada, porque todo estaba en penumbra, pero al abrir un poco más fue naciendo una luz que no sabía siquiera de dónde provenía. Entonces sí vio algo. En el centro de la estancia, muy pequeña, había una mesa y una silla. Y encima de la mesa, un libro.

Un gran libro, enorme y grueso, de tapas duras.

Le llamó la atención su color. Pero también se sintió atraído por su presencia. Fue como si oyera una voz interior gritando alborozada. El corazón le latía con mucha fuerza.

Nadie iba a venderle nada. Realmente había dado con... El Libro.

Pero ¿qué libro?

Entró en la habitación, ahora llena de luz. Ni siquiera se dio cuenta de que la puerta se cerraba a su espalda, igual que si tuviera un muelle invisible. De pronto era como si aquella obra especial le atrajera como un imán. Cubrió la breve distancia que le separaba de ella conteniendo la respiración. Cuando llegó frente a la mesa y pudo leer el título, se sintió un tanto decepcionado.

Estaba formado por letras distintas:

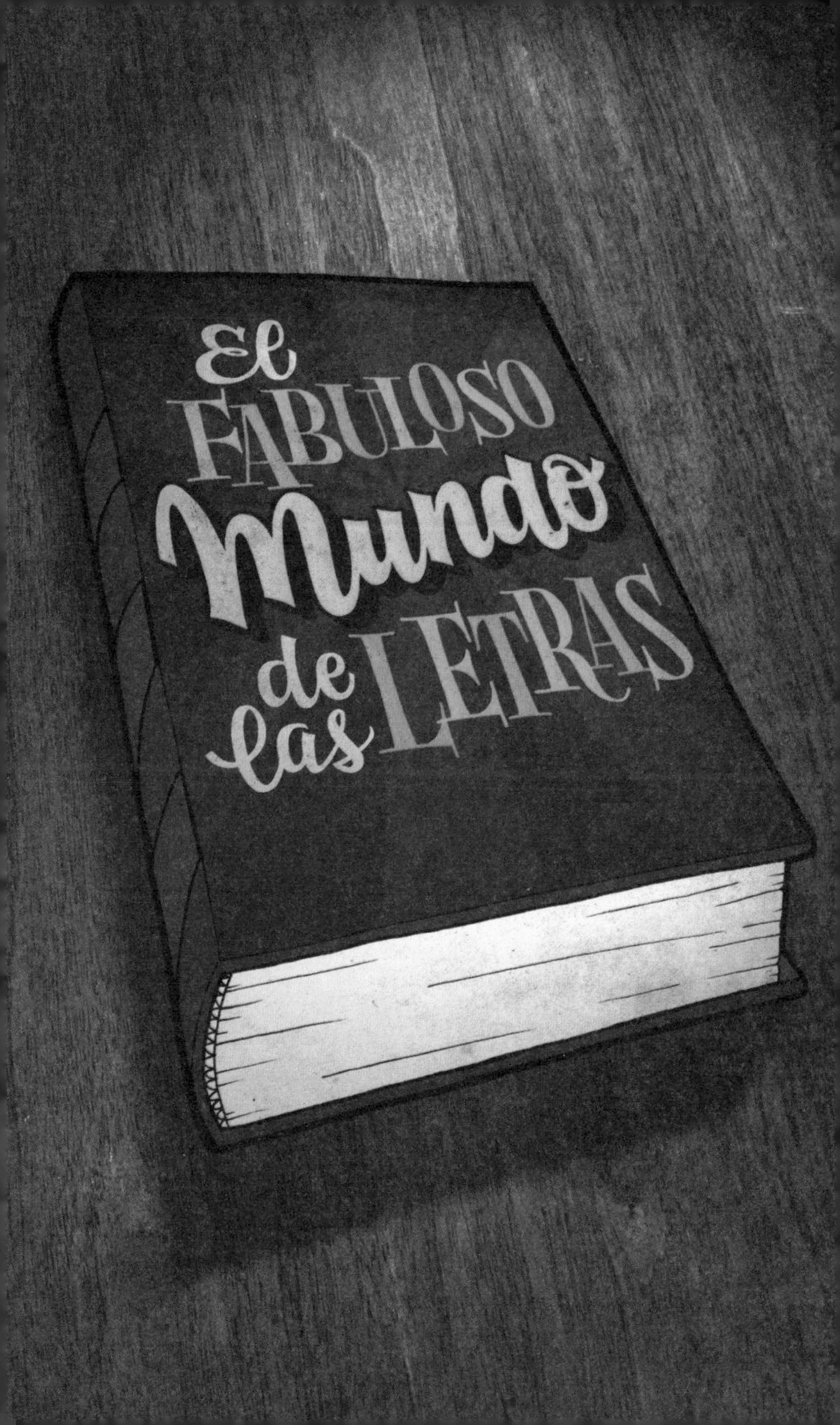
El
FABULOSO
Mundo
de
las LETRAS

–¡Bah! –exclamó.

Un libro para niños pequeños. Un abecedario o algo parecido. ¿Se creían que aún estaba en párvulos? Había esperado algo mucho mejor, una novela de aventuras, de misterio, de ciencia ficción, pero aquello...

Iba a dar media vuelta, a pesar de la curiosidad que sentía. Estaba dispuesto a irse, enfadado.

Su mente dio la orden, pero sus músculos no le obedecieron, o tal vez fuera al revés.

Miró el libro.

Le llamaba.

¿Era posible algo tan absurdo?

Podía oír su voz, pero no en el exterior, sino en su interior. Una voz cálida, hechizante, llena de embrujo. Una voz que le reclamaba y le obligó a acercarse de nuevo a la mesa.

Su mano rozó la cubierta del libro.

El fabuloso Mundo de las Letras.

¿Qué tenían de fabuloso las letras?

La cubierta era aún más cálida que la voz, sedosa, agradable al tacto. De hecho, la voz ya no le hablaba. Ahora le gritaba.

«¡Ábreme!».

Su dedo índice rozó el borde, hizo una leve presión hacia arriba. Muy leve.

Apenas si levantó la cubierta un milímetro, un destello de luz emergió de ella.

Se asustó y la dejó caer.

¡Qué tontería!

Se sentía ridículo, pero también hipnotizado.

Volvió a poner el dedo índice en el borde y repitió la acción. En esta ocasión subió la tapa del libro dos o tres milímetros. La luz se hizo más fuerte. Era blanca, pura. Una luz que invitaba a continuar.

Levantó la cubierta un poco más.

Y a medida que la luz crecía, aumentaba en intensidad, las paredes de la habitación comenzaron a desvanecerse.

Por segunda vez dejó caer la gruesa tapa del libro.

¿Estaba soñando?

Había creído vislumbrar algo más allá de ellas, como si se hicieran transparentes o como si se esfumaran sin más, haciéndose invisibles. Y en lugar de esas paredes había visto algo parecido a... ¿un bosque?, ¿un jardín?

Aquello tenía truco, seguro.

Virgilio pasó de tonterías.

Respiró a fondo.

Y abrió la cubierta de golpe.

Todo cambió súbitamente. Fue como una explosión de energía que liberase fuerzas ocultas y muy poderosas, tan fantásticas que lo único que pudo hacer Virgilio fue quedarse quieto, muy quieto, no exactamente asustado, pero sí impresionado.

No sabía qué estaba pasando.

No tenía ni la menor idea de lo que acababa de hacer.

Lo único cierto era que, en efecto, las paredes de la habitación se desvanecieron de golpe, y en lugar de aquel espacio angosto y pequeño, en los confines de la biblioteca, el entorno se convirtió en un vergel, un gran jardín lleno de flores y plantas, con una vegetación tan exuberante y agreste que se perdía por todas partes, hasta por arriba, sin casi dejar ver el sol en lo alto.

Porque más allá de las flores y las plantas, brillaba un sol radiante, presidiendo un cielo de lo más azul tachonado levemente por algunas nubes blancas, de puro algodón celestial.

Virgilio lo contempló todo boquiabierto.

La silla, la mesa y El Libro también habían desaparecido.

Transcurrió un segundo. Transcurrieron dos segundos. Transcurrieron tres segundos. Más o menos.

Virgilio acabó por expulsar el aire que, sin darse cuenta, había retenido en sus pulmones.

–Esto no me puede estar pasando –musitó en voz alta.

Tuvo una descarga eléctrica al pensar algo.

¡Claro! ¡Aquello era una cabina de realidad virtual! ¡Ni más ni menos! ¡Una habitación con trampa! ¡Un truco muy bueno, pero nada más!

Desde luego, las bibliotecas eran más divertidas de lo que jamás hubiera imaginado.

Se sintió aliviado.

Lo que debía hacer era quitarse el casco o buscar la salida o...

Se llevó las manos a la cabeza. No tenía ningún casco.

Y en cuanto a la salida... ¿Qué salida?

Allí no había nada, solo aquella sensación de bienestar, el silencio apacible, las flores y las plantas meciéndose al suave compás de una brisa muy tranquila.

Y si era realidad virtual, desde luego se trataba de un efecto muy bueno, buenísimo.

–¡Eh!

Nada. Tampoco había gritado muy fuerte.

–¡Eh! –aumentó el tono.

Lo mismo.

Dio un paso. La tierra era sólida, mullida. Los aromas de las flores asaltaron su pituitaria. Lo que menos podía sentirse allí era miedo, o recelo alguno, así que él no experimentó ninguna sensación negativa. Poco a poco, su cuerpo y su mente fueron sintonizando con todo aquello.

El fascinante universo recién aparecido al abrir el libro.

¡El Libro!

¿Tendría que ver él con...?

El fabuloso Mundo de las Letras.

–¡Eh! –llamó por tercera vez.

La única respuesta fue el roce de las flores y las plantas al aumentar ligeramente la brisa. Era como estar dentro de un océano de colores y sensaciones naturales.

Virgilio paseó una mirada aún desconcertada por cuanto le rodeaba. Se hallaba en un claro de aquella exuberancia, y por delante se abría un caminito de tierra que desaparecía a los pocos pasos, serpenteando entre la vegetación. El camino nacía allí, justo en el lugar en el que se encontraba él.

Así que dio el primer paso. Sin pensárselo más.

Siempre que había un camino, por él se llegaba a alguna parte.

No se precipitó, nada de correr. Paso a paso, con precaución. No tenía ni idea de dónde pudiera estar. ¿Tal vez en otra dimensión? Tal vez. Cualquier cosa era ya posible si resultaba que la habitación, la biblioteca, y hasta la misma ciudad, habían desaparecido.

Quizá se despertara de un momento a otro y resultase que estaba soñando, tan tranquilo, en su cama.

Virgilio soñaba mucho.

O sea, que si era un sueño, quería aprovecharlo, y si no lo era...

Fantástico.

Nunca le había sucedido nada como aquello.

Caminó un rato, aunque... era extraño, la sensación de tiempo no era la misma allí. Optó por despreocuparse. Cuando a uno le sucede una cosa inexplicable, lo mejor es dejarse llevar. Tarde o temprano ocurriría algo nuevo. Cualquier cosa.

Estaba pensando esto cuando de pronto, en un recodo del camino, se tropezó con la puerta.

Era grande, de madera, antigua, señorial, y estaba instalada justo en mitad de la senda, sin sujeciones a ninguna pared o muro. Solo la puerta.

Y en ella, labradas con hermosa perfección, las letras del abecedario.

No tenía necesidad de intentar abrir la puerta, que daba la impresión de ser muy pesada. Se dispuso a rodearla por el lado izquierdo, que parecía el más despejado.

Entonces escuchó la voz.

–¡Eh! ¡Eh! ¡Será posible! ¿Adónde te crees que vas?

Casi dio un salto, por el susto. Lo que menos esperaba oír era una voz humana.

Buscó su procedencia.

Primero no vio nada. Pero después, justo al otro lado, cerca de la parte derecha de la puerta, divisó lo que sin duda era una garita de piedra, casi oculta por la vegetación. Por su única ventana estaba asomado un hombrecillo tan delgado que se le antojó una rama seca con ojos. Llevaba una gorra con la palabra CELADOR escrita en una plaquita de metal, y una chaqueta tan verde como el entorno.

Por fin alguien.

Se acercó a él.

–Hola –vaciló más inseguro al observarle de cerca. Tenía aspecto de puntilloso, cara seria, ojos molestos.

–Las puertas son para pasar a través de ellas, pero primero hay que abrirlas –le reprochó el hombre.

Estaba enfadado.

–Es que no sabía…

–¡No sabías, no sabías! –elevó los ojos al cielo–. ¡Aquí nadie sabe, por favor! ¿Se puede saber de dónde vienes?

–Pues…

Iba a señalar a su espalda, pero de nuevo no le dejó acabar la frase.

–Bueno, a mí me da igual de dónde vengas. Yo estoy aquí para saber adónde vas –espetó el hombrecillo.

Virgilio le miró fijamente.

–No sé adónde voy –reconoció.

–¿Cómo que no sabes adónde vas? –la incredulidad hizo que la gorra bailara en su cabeza–. ¡Todo el mundo sabe adónde va!

–Pues yo no.

–¡Válgame el cielo! ¡Otro!

–Oiga, es que estaba leyendo un libro… Bueno, iba a leerlo y…

–¡Ah!, ¿estabas leyendo El Libro?

–Sí.

–Entonces, ningún problema. Solo un par de preguntas.

Sacó una libreta vieja y gastada de alguna parte de debajo de la ventana. La abrió, se pasó la lengua por los labios y le preguntó:

–Sí... Veamos, ¿cómo te llamas? –y le aclaró–: Es para el control, ¿sabes?

–Virgilio. Me llamo Virgilio.

–Vaya, nunca he conocido a ningún Virgilio. Está bien. ¿Cuántos libros has leído en tu vida?

–¿Que cuántos libros he leído en mi vida? –Virgilio se puso blanco.

–Sí, ya sé que nadie lo sabe, pero no se trata de decir el número exacto. Solo aproximado, caramba.

–Yo...

–Vamos, vamos –le apremió el hombrecillo–. No tengo todo el tiempo del mundo. La gente cree que porque estoy aquí no hago nada, y se equivocan, ¡vaya si se equivocan! Este es un puesto de mucha responsabilidad, ¡de muchísima responsabilidad! Luego se forman colas y hay protestas y todo eso, ¡por favor!

Virgilio miró el camino. ¿Colas?

–¿Más de cien, menos de mil? –intentó ayudarle el celador–. Por la edad que tienes diría que...

–Uno.

–¿Uno?

–Uno.

Era como si no pudiera creerlo. Abrió tanto los ojos que casi se le cayó la gorra dentro de las pupilas.

–¿Me estás diciendo que solo has leído... un libro entero en la vida?

–Sí, ¿qué pasa? –Virgilio, avergonzado, bajó la mirada.

–¡Oh, cielos! –el hombrecillo puso una cara de tremenda angustia–. ¡Otro de ESOS!

Lo dijo en mayúsculas y subrayado.

–Es que...

–¡Calla! ¡Calla! –el celador le miraba ahora con fijeza, aunque sin perder su aspecto de desolado malhumor–. ¿Te gustó el libro que leíste?

–Sí, mucho.

–¿De quién era?

–Del mismo que me recomendó que leyera El Libro.

–No está mal. Es muy bueno, sí. Supongo que por eso estás aquí. Siempre nos hace mucha propaganda. Así que habrá que dejarte entrar –suspiró, mitad resignado, mitad conforme, casi satisfecho. Luego sacó una letra del mismo sitio de donde había extraído la libreta, se la mostró y le preguntó–: ¿Qué letra es esta?

–La P –dijo Virgilio.

–¿Y esta? –le mostró otra.

–La A –dijo Virgilio sin entender nada.

–Muy bien. Sigue.

Le puso una tercera delante de los ojos.

–La S.

¿Le estaba examinando o qué?

–Vayamos con la última. ¿Qué letra es?

–¡Otra A! –manifestó fastidiado Virgilio–. ¡Ya sé cuáles son las letras!

El celador pareció no entender su enfado.

–Ya está –dijo.

–¿Ya está?

–Sí, adelante.

Virgilio lo entendió de golpe.

P.A.S.A.

«Pasa».

–Oiga, pero...

–Yo ya he terminado mi trabajo, así que no me vengas con rollos. Esto cansa mucho, tú –le detuvo el hombrecillo–. ¿No querías entrar? Pues ya puedes entrar. ¡Adiós!

Y tras apoyarse con los codos en la ventanilla, puso la cabeza entre las manos, cerró los ojos y se durmió.

Pero bien dormido.

Como que al segundo empezó a roncar.

Virgilio parpadeó aún más alucinado, sin saber qué hacer.

Luego se fijó en la puerta.

Estaba abierta.

Así que la traspuso y siguió el camino.

No tuvo que caminar demasiado. Cosa de unos cincuenta metros después, aunque no fueran en línea recta sino serpenteando entre la vegetación, se encontró frente a una explanada en cuyo centro se alzaba una pared enorme, muy alta, casi hasta el cielo, y muy ancha, pues se perdía prácticamente a derecha e izquierda. Para pasar al otro lado había un arco, siguiendo la senda.

La pared estaba llena de palabras.

Decenas, cientos, miles de palabras distintas escritas de muchas formas.

Se acercó a ella. Justo unos metros antes de llegar, vio a un lado del camino una piedra con la siguiente inscripción:

Monumento a las palabras más hermosas

Y debajo, en letra más pequeña:

Tú también puedes escribir la tuya.

Había un rotulador.

Virgilio lo cogió. Luego se acercó a la impresionante pared y leyó algunas de aquellas palabras escritas en el mural.

¿Cómo saber si la que iba a poner estaba ya escrita o no?

SATISFACCIÓN

poesía luz armonía

enamorarse cielo aurora

fantasía soñar

crear UNIDAD ca

emoción utopia

vida arte esperan

eco AMANECEF

DAR

sonreír concor

alma

luna alb

libertad

calido

belleza

bueno

saber

alegria

ser AFECTO

celestial
maravillose
estrella REÍR
amigo flor
mar pasión universo
paz beso
ño SENTIMIENTO
a ÉXTASIS bien
libro naturaleza LEER
amor sol
CORAZÓN conocimiento
edén suavidad
dulce caricia
sensibilidad
ORBE ternura

En ese momento vio el ordenador.

Se hallaba al pie del muro, y por supuesto era para comprobar la duda que acababa de planteársele. Se arrodilló delante de él y tecleó: MÚSICA.

Esperó.

La respuesta le llegó en un abrir y cerrar de ojos.

«Palabra no escrita en el panel. Ha sido aceptada. Puede escribirla. Muchas gracias por su colaboración».

Se sintió contento. No supo exactamente el motivo, pero... se sintió contento. Participar en algo, o ser parte de algo, siempre suponía dejar una pequeña huella. Estuviera donde estuviera –cosa que aún ignoraba–, su palabra se quedaría allí para siempre.

Y escribió en un hueco del muro, toscamente:

MÚSICA

Se separó para mirarlo, y entonces las letras, toscas, de niño, comenzaron a cambiar, a sufrir una mutación interior, exterior. Fue como si la pared cobrase vida, como si entrase en una nueva dimensión. Duró apenas unos segundos, pero cuando las letras dejaron de cambiar y moverse, su palabra brillaba con maravillosa intensidad, y se veía ni más ni menos que así:

El orgullo que sintió Virgilio casi le hizo gritar.

Todavía tenía el rotulador en la mano, así que quiso hacer una prueba. A continuación, debajo de la palabra aceptada, escribió otra:

Contuvo la respiración. Uno, dos, tres segundos. No más.

Las letras de aquella palabra empezaron a fundirse, a evaporarse, a desaparecer, y el muro no solo las expulsó, convirtiéndolas en nada, sino que pareció lavarse a sí mismo, purificando la zona que había sido ocupada por ella. En menos de diez segundos, ya no quedó ni rastro de su presencia allí.

Virgilio levantó la cabeza.

Comenzaba a darse cuenta de que, estuviera donde estuviera, aquel era un lugar ciertamente extraordinario.

Y vivo.

Esa sensación fue la que le hizo hablar en voz alta una vez más, como al principio.

–¡Eh!

Nada.

–¿Hay alguien ahí?

Silencio.

Dejó el rotulador en su sitio, miró su palabra hermosa por última vez, y pasó bajo el arco abierto en la pared, siguiendo la senda, la única senda que parecía transitar por aquel universo tan peculiar.

Esta vez calculó que su andadura se prolongaba más allá de los cien metros, como mínimo, aunque persistía aquella sensación intemporal unida a la de que allí las distancias no contaban demasiado. Cien o doscientos metros, ¿qué más daba? Todo era paz. Le bastaba con mirar la naturaleza, las flores, las plantas, para sentirse bien. De vez en cuando aparecía una mariposa, o un pájaro cruzaba el aire por delante de él, o tenía que dar un salto para no pisar una columna de hormigas. Así de simple. No hacía ni frío ni calor. Jamás se había encontrado tan a gusto en parte alguna.

Alcanzó uno de los ya habituales recodos del camino y cuando salió de él...

Otra explanada.

Pero distinta, más bien parecía una gran plaza, circular, con setos envolviéndola. En el centro había un montón de postes indicadores de donde salían no menos de media docena de sendas hacia todas direcciones, incluida aquella de la que provenía él.

–Bueno, algo es algo... –suspiró.

Si se enteraba de dónde se encontraba exactamente, estaría en disposición de regresar.

¿A la habitación? ¿A la biblioteca?

Cada vez que pensaba en lo insólito de todo aquello... Los postes eran muy bonitos, como todo lo de allí. No eran simples palos con una tabla escrita. Estaban bellamente labrados, y las letras grabadas en los rótulos eran preciosas, tanto o más que las de la puerta custodiada por el puntilloso celador.

Letras.

Todo letras.

Letras extraordinarias, como aquel mundo único.

Llegó hasta los postes.

¿Hacia dónde iba?

La «Gran Puerta», desde luego, era el lugar por el que había entrado allí, ya que el poste señalaba la senda por la que acababa de desembocar en la plaza. Lo más lógico, sin embargo, sería tomar el camino que iba al «Centro» y buscar a alguien que le informara. Sin embargo, le llamó la atención lo del «Zoo».

¿Un zoológico en semejante sitio?

¿Cómo sería?

A Virgilio le encantaban los animales, pero sus padres no le dejaban tener un perro en casa.

Si se daba prisa, podría echar un vistazo rápido. Muy rápido. Después de todo, un zoológico, por maravilloso que fuese, siempre era un zoológico, ¿no?

Elefantes, tigres, tal vez defines...

Se movió inquieto, nervioso.

Luego, ya no se lo pensó más; solo que esta vez no caminó, se lanzó a la carrera por el camino que conducía al zoo y al bosque, ya que las flechas indicaban la misma dirección. Deseó que el zoológico estuviera antes que el bosque, o se le iba a hacer ya muy tarde.

¡La hora!

Ni se atrevió a mirar el reloj. Había entrado en la biblioteca con apenas quince minutos de tiempo, y debía de llevar allí bastante más. Su madre se enfadaba mucho cuando perdía el tiempo y llegaba tarde a la salida del colegio. Le decía que primero subiese a casa a decirle hola, y después, si quería y podía, bajase a jugar un rato al parque.

barrio noble

MVSEO

ZOO

GRAN PUERTA

Virgilio se detuvo y por fin se decidió a mirar el reloj.

Y entonces sí abrió unos ojos como platos.

–¡Oh, no! –exclamó.

¡Se le había estropeado! ¡Marcaba la misma hora que cuando había entrado en la biblioteca! ¡Eso sí era mala suerte!

Levantó la cabeza sin saber qué hacer, y entonces lo vio.

Otro letrero.

Aunque juraría que este no estaba allí un segundo antes.

Decía:

Vaya. Su reloj parado y aparecía aquel letrero tan gráfico.

¿Una casualidad?

No, nada era casual. Su vecino, don Torcuato, que era la persona más inteligente que conocía, solía decirle precisamente eso, que nada es casual, que todo en la vida tiene una interrelación, con uno mismo y con los demás, y que las cosas, por absurdas que se antojen, siempre tienen un sentido.

De pronto empezó a comprenderlo.

De alguna forma, por extraño que pareciese, estaba leyendo el libro de la biblioteca.

Y el tiempo... ¿había dejado de existir?

Miró el letrero.

–Tomás no va a creerme cuando se lo cuente –suspiró–. Tendré que traerle aquí para que lo vea con sus propios ojos.

Esta idea le animó. *El fabuloso Mundo de las Letras* estaba resultando muy interesante.

Más aún, fascinante.

Continuó caminando, hasta que reemprendió la carrera. Volvía a transitar por una zona de espesura cerrada, más o menos como la de la entrada. A lo peor las distancias eran mayores de lo que creía. ¿Por qué no señalaban los indicadores nada al respecto?

Un recodo, otro, se agachó para pasar por debajo de unas ramas, saltó por encima de otras.

Hasta que se topó con un nuevo rótulo.

No, el zoológico no estaba antes que el bosque, sino al revés. Primero el bosque. Lo ponía bien claro allí:

Virgilio levantó la cabeza. Por encima de los matorrales y las flores, justo detrás del siguiente recodo de la senda, asomaban las ramas de los árboles. Primero no había entendido por qué se anunciaba con tanto detalle la existencia de un bosque. Pero después de ver el letrero que tenía a un lado y vislumbrar esas ramas, frunció el ceño.

La sorpresa reapareció en su ánimo.

Avanzó unos metros, despacio, sin fijarse apenas por dónde caminaba, con los ojos puestos en su objetivo. La sorpresa aumentó, hasta hacerse asombro, cuando dejó el último matorral atrás.

Era un bosque, sí, pero un bosque formado por...

–¡Ahí va! –manifestó boquiabierto.

¿Qué otra cosa podía ser si no?

Y por un hueco en la túpida valla arbolada que lo rodeaba, entró en él.

Si aquello era el bosque, ¿cómo sería el zoológico?

¿Y cómo sería el resto de aquel mundo?

Paseó entre los árboles. Los pájaros que jugaban por sus ramas cantaban felices, libres. Unos representaban claramente una letra, casi era un juego intuir a cuál se parecían otros. Toda su fuerza se manifestaba en la personalidad de cada uno, si es que podía decirse que un árbol tenía «personalidad». Flotaba una mágica vida entre ellos, como si en aquel lugar se uniesen las dos formas más importantes de la esencia humana, la naturaleza y el saber.

El tacto de los árboles era agradable, rugoso, como el de cualquier árbol, pero también cálido, muy cálido. Tocándolos, Virgilio tenía la impresión de sentir lo que había en su interior. Al abrazar al que parecía una R, notaba un suave «rrrrrrrrrrr» en su corazón, y al acariciar al que semejaba una M, se expandía por su espíritu un delicado «mmmmm» lleno de evanescentes sonoridades. Hubiera jurado que las letras, es decir, los árboles, estaban vivos.

Por eso les habló.

–¡Hola!

Los árboles en forma de H, de O, de L y de A agitaron sus ramas de manera apenas imperceptible.

¿El viento?

–¿Qué tal? –dijo Virgilio.

Y ahora los que movieron las ramas fueron el B, el I, el E y el N.

Era demasiado. ¡Le estaban contestando!

–¿Dónde estoy?

Le costó «leer» la frase entera, porque se movieron muchos, aunque sincronizadamente, uno tras otro.

E.N.E.L.B.O.S.Q.U.E.D.E.L.A.S.L.E.T.R.A.S.

–¡Ya sé que esto es el Bosque de las Letras! –manifestó Virgilio–. ¡Yo lo que quería saber es dónde estamos, el bosque y yo!

No hubo respuesta. No supo ni siquiera si los árboles le observaban a él o se observaban entre sí, caso de que lo hicieran. Aun en su inmovilidad, la vida que había en ellos se intuía, era una percepción de lo más real.

Virgilio se acercó a un árbol en forma de V, aunque se parecía poco a la inicial de su nombre. No se diferenciaba mucho de la U, por ejemplo. La V era la letra que más le gustaba, tanto por ser la suya como por representar el símbolo de la victoria cuando se levantaba la mano con los dedos índice y corazón extendidos. Victoria y paz.

–Hola, V –le dijo.

Al posar la mano sobre él, sintió que el árbol se estremecía.

En alguna parte había leído que cuando abrazas a un árbol, te llenas de su energía. No es que se la robes, eso no. Solo te inundas de ella, porque el árbol está en contacto con la tierra y además es un ser vivo, el rey de la naturaleza.

Virgilio nunca se había abrazado a un árbol.

Así que lo hizo.

Abrazó al árbol V con todas sus fuerzas.

Y supo que era verdad, porque fue como si recibiera la más energética de las corrientes. La notó saltando por los músculos de su cuerpo igual que si fuera una carrera de vallas, navegando por su sangre, estallando en su mente y en su corazón, haciéndole cosquillas en el estómago, erizándole el vello. Jamás se había sentido de aquella forma.

Al separarse del árbol, de su rama más alta cayó una gota de resina, suavemente, despacio, casi como si flotara. Virgilio puso la palma de su mano abierta y la recogió sin dejarla llegar al suelo.

No era una lágrima.

Era un regalo.

–Gracias –le susurró al árbol V.

Una delicada brisa apareció de repente para agitar las ramas de todos los árboles del bosque.

Virgilio cerró la mano, dejando que la gota de resina se la impregnara. No era pegajosa, sino más bien suave, como una crema que penetró en su piel.

Se habría quedado allí mucho más tiempo, muchísimo más tiempo, pero aún no sabía si su reloj estaba estropeado o si, como decía aquel letrero de antes, «al leer, el tiempo no existe». Además, si el bosque de las letras era así, ¿cómo sería el zoológico? Sus deseos de averiguarlo aumentaron en proporción geométrica a su impaciencia natural.

–He de irme –se despidió.

«A.D.I.O.S.», le desearon los cinco árboles respectivos.

Sí, le dio mucha pena tener que abandonar el bosque, pero se resignó. Buscó el camino, que atravesaba el tupido seto al otro lado del lugar por el que había entrado, y al llegar a él lo contempló por última vez. A lo mejor, luego, de regreso, volvía a pasar por allí, aunque algo le dijo que no, que todo aquello era único.

Fascinante pero único.

Nada más reemprender la marcha por la senda de tierra, la vegetación volvió a ser la misma de antes. El aroma del aire era estupendo, lo más sano que jamás hubiese respirado. No solo era por fluir en esa naturaleza en la que se encontraba, sino por algo más. Aquel era un aire que olía a limpio, a vigor, a libertad.

El camino se ensanchó de pronto, y a los pocos pasos llegó a un cruce. Había cuatro indicadores que ya conocía, pues eran iguales a los de la gran plaza. Al frente, el del Zoo; por detrás, el del Bosque; a la izquierda el de la Gran Puerta, y a la derecha, el del Centro. Virgilio siguió por el del frente. Quería ver aquel zoológico. No se imaginaba cómo podía ser un zoológico en el Mundo de las Letras.

Esta vez hizo una prueba. Si antes, cuando miró el reloj, había aparecido un letrero de no sabía dónde, con una frase alusiva a lo que le sucedía o pensaba, tal vez ahora encontrara otro si...

–¿Cuánto falta para llegar al zoológico? –preguntó en voz alta.

Miró a su alrededor. Nada.

Bueno, era lo más lógico.

Ni que los letreros o los postes indicadores aparecieran así como así, saliendo de la tierra.

Caminó media docena de pasos. Y al girar a la izquierda en uno más de los muchos recodos que hacía la senda, ahora bastante ancha, se tropezó con él. Otro letrero.

Falta lo que falta
Disfruta del paisaje
llegarás igual

Increíble. Allí todo estaba vivo o, por lo menos, reaccionaba como si lo estuviese.

Porque casual, casual... no creía que lo fuese.

Las letras de los mensajes eran normales. No tenían nada que ver con las de los indicadores y señalizadores del Mundo de las Letras. Parecía que la propia tierra le hablase.

–¿Cuánto son dos y dos?

Más de cincuenta metros después, supo que no iba a haber una respuesta a su estupidez.

Así que se concentró en hacer lo que le decía el último letrero: disfrutar del paisaje. Un paisaje que cambiaba de forma paulatina, que se hacía menos agreste mientras flanqueaba el cada vez más ancho camino, convertido ahora ya casi en una calle.

A ambos lados, y de trecho en trecho, fue encontrando bancos de piedra o madera para sentarse; fuentes de una de las cuales bebió un agua pura y cristalina, buenísima; papeleras para que nadie echara nada al suelo... aunque por allí seguía sin ver una sola alma; placitas o ensanches con más bancos, para hacer *picnics* o pasar el rato; y farolas que, como era de esperar, tenían también forma de letras, algunas tan bellamente trabajadas y labradas que se las quedó mirando extasiado.

Jamás hubiera imaginado nada tan hermoso... hecho con letras, las mismas letras vulgares y corrientes que llenaban los libros.

Cada farola era una obra de arte, única y especial. Había mucha luz, porque el día brillaba con un sol espléndido en el cielo, así que ninguna se hallaba encendida, y por más que se esforzó, no logró imaginárselas.

Pero desde luego eran farolas, labradas con el mimo de un gran artista según la inspiración desprendida de cada letra. Comprendió por qué estaban allí cuando vio una placa de mármol con el nombre de aquel lugar:

Fuera por la luz del sol, o fuera por la de las farolas en la noche, la Avenida de la Luz se convertía en el más delicioso paseo por el que hubiera caminado a lo largo de sus años. Claro que, teniendo en cuenta que no le gustaba pasear porque se aburría, comprendió que tampoco era precisamente un experto en lugares hermosos, se llamasen como se llamasen. La profesora de sociales a veces les decía que, cuando caminaran por la calle, levantaran la cabeza y miraran las casas, sus detalles, su verdadera cara, fuesen viejas o nuevas. Según ella, las personas se perdían lo más bonito de la existencia por no darse cuenta de que estaba ahí, justo enfrente de sus narices.

Él mismo ni se había dado cuenta de que tuviera una biblioteca tan cerca de casa.

Lo que seguía llamándole la atención era lo vacío que estaba aquel lugar. Nadie por ninguna parte.

¿Cómo serían los habitantes de por allí?

¿Letras?

Eso sí le parecería fantástico. Demasiado.

Vaya, también la farola con la V de Virgilio era impresionante.

Tan extasiado estaba, mirando las farolas y disfrutando del paisaje que si se descuida habría pasado por debajo del siguiente letrero sin verlo. Allí la calle se estrechaba de pronto y, coronando un arco circular, pudo leer por fin el nombre de su destino:

No parecía que hubiese un control de entradas o una taquilla. Nada de nada. Tampoco se veían animales, de momento.

De momento.

¿Y si vivían en libertad?

Si allí los árboles eran capaces de comunicarse, ¿qué no harían los animales?

Bueno, ningún animal tenía forma de letra.

¿O sí?

Se moría de la impaciencia, así que ya no pudo seguir caminando sin prisas. Le volvieron todas de golpe. Se olvidó del paisaje y echó a correr. Ya no tardó en ver a unos pocos metros lo que parecía ser la entrada a un recinto mayor, tal vez otra explanada. La traspuso y fue como si, de nuevo, se metiera de cabeza en otra dimensión.

A punto estuvo de dejar de respirar.

Los animales.

Libres, sueltos, distintos.

Formando el más insólito alfabeto que jamás habría imaginado.

Caminó despacio entre ellos, mirando a todas partes. Se encontró con sus ojos sonrientes y felices, ojos que no experimentaban ningún temor. Vivían en libertad y jugaban. Sobre todo, jugaban. De pronto, el cervatillo que formaba parte de una Q se alejaba brincando y se enroscaba con una gacela para crear una S, o el perro que participaba de una W se apartaba para quedarse quieto y tener el aspecto de una I de mirada lánguida, mientras la W sin él se volvía una N poniéndose del revés. Así que no solo se movían como cualquier ente vivo, sino que lo hacían para crear nuevas formas escritas.

Un zoológico.

Y las más inquietas y cambiantes letras.

Virgilio se acercó al perro. Le pasó la mano por la cabeza y el animal movió la cola. Luego le lamió. Se les acercó una gamba, abriendo y cerrando sus pinzas y agitando sus antenas. El chico no sintió ninguna angustia; al contrario, estrechó la pinza derecha como si se tratase de un apretón de manos. Dos pasos más allá, le olisqueó una liebre que estaba tan tranquila viendo la manera de subirse a un pavo real para intentar cualquier letra inimaginable. El pavo real abría y cerraba su luminosa cola con orgullo. Como la liebre se cayó un par de veces, acabó saltando a una rama y creó una radiante X. De la rama salió volando un faisán.

Los animales fueron rodeándole.

Virgilio era una novedad para ellos.

Antes no se habría ido del Bosque de las Letras. Ahora se habría quedado para siempre en el Zoológico.

¡Era como si todos fueran suyos!

Y cuando iba a arrodillarse para continuar con las caricias, y dejar que ellos le dieran lametazos y frotaran los lomos contra su cuerpo, escuchó aquella voz.

La primera voz desde que había dejado al celador en la Gran Puerta.

–¡Eh, amigo, nada de darles de comer!, ¿de acuerdo?

A B C D

H I J K

O P Q R

V W X

D E F G

L M N

S T U

Y Z OE

CASI SE LE PARÓ EL CORAZÓN del susto.

Estaba ya tan habituado a no ver a nadie por allí, a creerse y sentirse solo, que lo que menos esperaba era, precisamente, oír una voz humana, y que en el zoo hubiese alguien.

Pero ¿quién?

Miró a derecha e izquierda, hacia adelante y hacia atrás. Nada. Los animales, sin embargo, sí miraban en una dirección, todos, moviendo sus colas, agitando sus orejas o erizando los pelos de sus nucas en señal de alegría y satisfacción.

Reconocían aquella voz.

Virgilio también miró hacia donde lo hacían ellos. Y por fin lo vio.

Era un hombre bajito, de su estatura más o menos, y muy rechoncho, como si fuese la suma de varios ochos o ceros pegados entre sí. Todo en él eran círculos: la cabeza, el cuerpo, los brazos y las piernas. Y lo mismo sus ojos, su boca, su nariz. Círculos dentro de círculos. Ochos superpuestos y unidos. Por si fuera poco, llevaba un bombín negro y vestía una levita de color rojo ajustada sobre unos pantalones de un verde rutilante. Siendo tan llamativo, casi era extraño que no lo hubiese visto antes. Claro que, a lo mejor, acababa de salir de detrás del árbol en el que se hallaba ahora apoyado.

Le tranquilizó verlo sonreír.

Verdaderamente amigable.

–Hola –tanteó Virgilio.

–Hola, ¿qué tal? –cantó la voz altisonante del aparecido.

–No estaba molestando a los animales –quiso dejar bien sentado él.

–¡Oh, ya lo sé! Si hubieras sido peligroso, ellos lo habrían intuido y no estarían tan cariñosos contigo. Si tienes buen corazón, los animales lo perciben.

Se llamaba «adrenalina». Virgilio ya lo sabía. Era algo que permitía a los animales saber las intenciones de una persona hacia ellos. Se lo contó un día su tío Eudaldo.

El hombre era tan curioso o más que el celador de la entrada, aunque había algo en él... Parecía un poco más egregio, un poco más... algo. No supo precisarlo muy bien.

–Vamos, acércate –le hizo una señal.

Virgilio le obedeció. Los animales no se movieron, y antes de reanudar su principal actividad, jugar, acompañaron sus pasos con miradas tristes porque se iba de su lado.

Jugar y jugar formando más y más letras.

Letras llenas de vida.

–¿Quién eres? –preguntó Virgilio al llegar frente al aparecido.

–¿Cómo que quién soy? ¿Cómo que quién soy? –no lo dijo enfadado, solo sorprendido–. Pues el alcalde, ¿quién quieres que sea?

–¿El alcalde? –abrió los ojos Virgilio.

–Sí, el alcalde, ¿qué pasa? –insistió el orondo personaje, muy campechano–. Toda ciudad tiene un alcalde. Esta es la Ciudad de las Letras, capital del Mundo de las Letras, y yo soy el alcalde. Ya ves. Si fuese un reino, yo sería el rey. Pero no es un reino. Así que soy el alcalde.

–¿Y dónde está la gente?

–¿La gente? –el señor alcalde miró a su alrededor–. No sé. Aquí no hay nadie.

–Me refiero a... –¿qué clase de conversación era aquella? Virgilio pensó que, después de todo, se estaba volviendo loco–. Me refiero a la gente de la ciudad, o a los habitantes de este lugar.

–¡Pero bueno! –la máxima autoridad se cruzó de brazos, aunque sin dejar de sonreír–. ¿Te parece poca gente la de letras que hay?

–Las letras no son... –miró a los animales y se calló.

–¡Señor, señor! –exclamó el hombre con voz cantarina–. Aún me dirás que esto está vacío, ¡vacío! ¿En qué cabeza de chorlito cabe algo así? Menos mal que te he estado siguiendo para observarte.

–¿Ah, sí?

–Naturalmente, chico. Desde que has llegado. Viene por aquí mucho tontaina suelto. Muchísimo. Salen hechos unos hombrecitos y unas mujercitas, pero así, de entrada... ¡Si yo te contara!

Era lo que más necesitaba Virgilio. Que alguien le contara qué era aquello y qué estaba sucediendo.

–Entonces, ¿quién vive aquí?

–Los que forman parte del Mundo de las Letras y los visitantes como tú.

–Yo no he visto a nadie más. Estoy solo.

–Porque aún estáis estudiando, el curso no se ha terminado, y porque hoy no es un buen día. Rectifico –levantó el redondito dedo índice de su redondita mano derecha y lo puso delante de la nariz de Virgilio–. Sí es un buen día, un magnífico día. Mira –señaló el sol, radiante, y luego abarcó cuanto los rodeaba–. Pero me refiero a que no es un buen día para visitantes como tú. En verano tenemos actividad, porque nadie lee, ¡y mira que hay tiempo en verano para leer!, ¿eh? Así que uno por aquí y otra por allá, se acercan al Libro.

–¡El Libro! –exclamó Virgilio.

–¿Te gusta? –se hinchó orgulloso el alcalde.

–Sí, pero...

–Déjate de peros, no me seas simple. ¡Menos mal que cada día hay más gente que lee y, por lo tanto, menos burros sueltos, con perdón de los burros! –miró hacia el zoo, cauteloso.

–Yo no leo mucho y no soy ningún burro –se creyó en la necesidad de defenderse él.

–Ya sé que no lees mucho, o no estarías aquí –frunció el ceño, puntilloso aunque irónico, el alcalde–. De todas formas, todo es cuestión de tiempo, amigo. Tú ahora, como si nada, a lo tuyo, tranquilo, porque ni lo notas, pero a los treinta... ¡esto, seco! –le puso un dedo en la frente.

–Vaya, eso mismo me dijo una persona –gruñó Virgilio.

–El escritor.

–¿Lo conoces? –preguntó sorprendido.

–Pues claro. Es un gran amigo de nuestro mundo –repuso el alcalde–. De hecho, nos envía a muchos como tú.

–¿Como yo?

–Sí: indefinidos con posibilidades.

–Yo no soy un indefinido –volvió a molestarse Virgilio. El tipo era simpático, pero por muy alcalde que fuese... Vamos, que él tenía su orgullo.

–Vaya –le guiñó un ojo acentuando su sonrisa–. Eres picajoso tú, ¿eh?

–No –quiso mostrarse indiferente encogiéndose de hombros.

–¿Cómo te llamas?

–Virgilio.

–Ah, muy bien. Suena... importante. Bueno, ya sabrás que hubo un gran poeta latino, muy amante de la naturaleza por cierto, que se llamaba así: Virgilio. El que escribió *La Eneida*.

Virgilio puso cara de póquer.

Y lo peor es que se le notó.

–No lo sabías –dijo el alcalde.

–Todavía estoy estudiando –se defendió él.

La máxima autoridad de por allí le pasó una mano amigable por encima de los hombros.

–Ven, vamos a dar a una vuelta –le invitó.

Le habría gustado pasar más tiempo con los animales, pero no quería desairar ni molestar al señor alcalde. No estaba muy seguro de si su perenne sonrisa era natural o si, por el contrario, era como cualquier mayor, que primero mucha cortesía y luego... ¡zas! Así que se despidió del zoológico mentalmente y se dejó llevar.

A los pocos pasos, ya estaban fuera del zoo.

Y el rechoncho maestro de ceremonias seguía con su brazo por encima de los hombros de su desconcertado invitado.

¡Un alcalde!

Ni más ni menos.

¡Lo que faltaba!

Aquello ya le gustó menos.

–Oiga, yo... –tanteó.

–Tranquilo, que esto es precioso.

–No, si ya lo sé, es que... –buscó un argumento para irse.

–Disfruta, chico, disfruta. No sabes la suerte que tienes de estar aquí. Te aseguro que es lo más maravilloso que puedas imaginar.

–Ya, pero es que mi madre me estará esperando impaciente y me la voy a cargar cuando llegue a casa.

–¿Cómo que te la vas a cargar? ¿Es que aún no entiendes que esto es... –buscó la palabra adecuada– como si fuera otra dimensión? ¡Aquí el tiempo no existe!

–¿Ah, no?

–¡No!

–Antes he visto un letrero que lo decía. Bueno, decía que cuando lees es cuando no existe el tiempo.

–Y es verdad –repuso el alcalde–. Cuando lees un libro, el tiempo desaparece. Bueno, si te gusta el libro, por supuesto.

–¿Estoy... leyendo El Libro?

–Sí.

–¿Pero cómo, si lo que hago es caminar, ver cosas, hablar con usted?

–Porque los libros se dice que se leen, pero en realidad, lo que pasa es que el lector los siente. Eso los hace especiales.

–¿Y yo, acaso formo parte del libro, porque ahora es como si estuviera dentro?

–Un buen lector se mete dentro de lo que lee, por supuesto.

Seguía sin estar nada convencido, aunque todo lo que le había sucedido desde su entrada en la biblioteca era tan fantástico que... De pronto, recordó su reloj.

Continuaba parado en la misma hora.

–¿No tengo el reloj estropeado? –preguntó.

–No.

–¿Mi madre no me espera alarmada por mi tardanza?

–No.

–Ya –suspiró–. Esto no puede ser verdad. No me está pasando. Voy a despertar de un momento a otro, y será lunes, y encima me habré quedado dormido y llegaré tarde a la escuela y habrá un examen y...

–Oye, oye, eres un poco fatalista tú, ¿vale? Además, ¿qué es eso de que estás dormido? Una tontería así solo sucede en las novelas baratas y en las películas tontas, para que un autor cretino y sin recursos justifique algo. Tú no estás dormido ni soñando, entérate. Has salido de la escuela, has ido a la biblioteca, has abierto El Libro y punto.

–No es po...

–¡Cuidado!

El grito le hizo dejar de hablar y le obligó a dar un salto muy cómico por encima de una letra que estaba caída en el suelo. Ni la había visto, enfrascado como estaba con la discusión.

Y no era la única letra. El suelo estaba lleno de ellas. Todas caídas.

–¿Qué pasa? –se alarmó Virgilio.

–Es una zona en obras –le aclaró el alcalde.

–¿Aquí también tenéis obras?

Por todas partes había más y más letras caídas esperando que alguien las levantara. Pero no se veía operario alguno.

–¿Qué te crees? A la que te descuidas, lo ponen todo patas arriba. Es el precio del progreso.

–Creía que todo esto ya estaba tal cual –dijo Virgilio.

–Hijo, no hay nada que dure para siempre, eternamente. Hay que ir mejorando, arreglando, adaptándolo todo a los nuevos tiempos. Y las palabras no son distintas. Esa es la función de las Academias de la Lengua, aunque a veces sea la gente de la calle la que va por delante de ellas y adecua rápidamente el lenguaje a la realidad.

Virgilio se puso a hacer equilibrios por encima de las letras caídas. El alcalde dio saltos muy graciosamente.

Daba la impresión de que, si se caía él, echaría a rodar camino abajo, porque ahora la senda seguía un curso muy suave en sentido descendente.

Algunas letras estaban incluso amontonadas.

El alcalde se puso a su lado para ayudarle. A Virgilio se le notaba que no tenía mucha experiencia en saltar por encima de las letras.

–Por aquí, ahora por allá. Pon un pie en ese hueco –le orientó–. Vigila esa «i», no vayas a pisarla –le acercó los labios al oído y agregó–: Las «íes» son muy quisquillosas.

–¿Las letras también están vivas?

–¡Pues claro que están vivas! El idioma, cualquier lengua, y, por lo tanto, las letras y las palabras que la forman están muy vivas. Y si quieres haz la prueba: tú métete con una letra o una palabra y verás. Hay palabras que... –el alcalde se echó a reír al recordar algo–. El otro día le dijeron a una FA que era muy corta, ¡y es que era una nota musical! –las risas se convirtieron en carcajadas–. ¡Les soltó la 5.ª Sinfonía en Fa Mayor, opus 17, de Klaus Schmit von Racassens, y se quedó tan ancha! ¿Corta? ¡Dos horas duraba la dichosa sinfonía!

Las carcajadas le congestionaron. Se atragantó y pasó de estar rojo por ellas –un rojo que hacía juego con el de la levita– a estarlo por la susodicha congestión. Pero no por ello dejó de reír. Parecía el tipo más feliz del mundo.

Dicharachero y tranquilo.

Un adulto peculiar. Y encima, alcalde.

Virgilio volvió la cabeza hacia la zona en obras que ya iban dejando atrás, llena de letras tiradas por el suelo, de lo más inmóviles. Hacía ya rato que iba de sorpresa en sorpresa, sin salir de su asombro. Y todavía no había visto casi nada.

–Oiga, ¿y usted cómo se llama? –quiso saber el chico.

–¿Yo? Yo soy el alcalde, ya te lo he dicho.

–Pero tendrá un nombre.

–Sí, pero no importa. En mi caso, no es relevante. Tú perteneces afuera, así que es muy lógico que te llames Virgilio Lo-que-sea-y-algo-más. Yo, no.

–Seguro que tiene un nombre espantoso y no le gusta decirlo.

–¿Por qué cuando algo no os gusta, no os cuadra o no lo entendéis, le buscáis siempre la explicación más peregrina y absurda? Todos los nombres son bonitos, tienen una peculiaridad.

–A mí no me gusta Virgilio –reconoció él.

–No te gusta ahora, porque querrías llamarte algo más normal, como Juan, y seguro que Juan piensa que su nombre es tan normal que lo estupendo sería llamarse Virgilio. Y así estamos. La gente no se quiere nada a sí misma. Luego no es de extrañar que tampoco quiera a los demás. Si leyeran más... Todo es cuestión de cultura, ¿sabes?

–¿Qué tiene que ver la cultura con eso?

–Todo es cultura, amigo mío –volvió a pasarle el brazo por encima de los hombros–. Cuando vayas en coche con tu padre y veas que el conductor del coche de delante tira por la ventanilla una colilla o un papel, haz la prueba. En el primer semáforo, bajas y le preguntas cuántos libros ha leído en su vida. La respuesta será muy simple: no lee. Dame a un lector y tendré a una buena persona. Solo el que no lee echa colillas por la ventanilla capaces de desatar un incendio en la montaña, o plásticos que van a parar a un río, y al mar, y matan peces que luego no pueden desovar a miles de kilómetros de distancia y a causa de lo cual mueren niños en África o en Asia. Es así de simple.

–O sea, que todo el que lee es bueno y todo el que no lee es malo –rezongó Virgilio.

–No me seas perverso ni le des la vuelta a las cosas según te convenga –le reprochó el alcalde–. Las reglas son iguales para todos aunque, de la misma forma, no sean iguales para todo. Siempre hay excepciones. Pero la cultura es la base de cuanto somos. ¿Crees que leen muchos libros los chicos que, por la razón que sea, van destruyendo cosas por la calle? Apreciar la vida es algo más que vivirla a tope. Yo solo digo algo evidente: que leer te hace mejor y que además te obliga a pensar, a crecer, a madurar. Los aspectos más terribles del mundo, como la violencia, la intolerancia, el racismo... solo hay una cosa que pueda vencerlos: la cultura.

Virgilio bajó los ojos al suelo. El discurso, aunque cierto, le estaba pareciendo un poco paliza. Como ente «no demasiado lector», se sentía culpable, afectado directamente por aquellas palabras. No decía que el señor alcalde no tuviera razón, pero... eso, que le hacía sentirse culpable.

Ni más ni menos.

Por suerte, pasó algo que cortó la conversación.

–¡Mira quién viene por aquí! –la voz del alcalde cambió de tono y volvió a sonar cantarina.

Virgilio miró al frente.

Dos palabras caminaban por la senda en sentido contrario. Parecía que sus letras ondearan al viento, aunque la verdad es que no hacía nada de viento. Resultaban... ¿cómo decirlo? Muy armónicas.

–Son una pareja estupenda –dijo el alcalde.

Y fácil de «leer»:

Se cruzaron con las dos.

–¡Buenos días! –les deseó el señor alcalde.

No hablaron. Se limitaron a mover la parte superior de sus seis letras en señal de justa correspondencia. Fue un movimiento muy simple, pero revestido de nobleza. Después siguieron su camino.

–La señora Ella es muy elegante, como habrás podido observar –apostilló el alcalde.

Era de locos.

Solo le habría faltado oír hablar al señor Él o a la señora Ella.

–¿Adónde vamos? –preguntó Virgilio.

–Quiero enseñarte algo –fue la muy lacónica respuesta de su compañero.

Se le notaba que disfrutaba cantidad haciendo de anfitrión.

Unos pasos más allá, volvieron a encontrarse con una bifurcación del camino. No habían seguido la Avenida de la Luz para alejarse del zoológico, sino una especie de atajo a su izquierda. Ahora la senda formaba una Y natural. Pero lo más curioso era que entre las dos opciones había un letrero vacío, sin nada escrito en él, y en el suelo, ni más ni menos que siete letras caídas: una A, una I, una O, una U, una P, una Q y una R.

–¡Vaya, otra vez! –gruñó un poco molesto el orondo hombrecillo–. ¡Se caen siempre! ¡Qué poca consistencia!

Virgilio contempló las siete letras sin entender mucho de qué iba la cosa.

–Dicen que como por este sendero pasa muy poca gente y nadie lee el letrero, se debilitan –continuó el alcalde, explicándole a su compañero el porqué de las letras caídas–. ¡Todo son excusas!

–¿Se caen porque nadie las lee?

–Por supuesto. Una letra es feliz cuando alguien la lee, y lo mismo una palabra, una frase, un libro entero. Si nadie lee una cosa escrita, se va debilitando, pierde fuerza –miró a las letras enfadado–. ¡Pero esto no justifica que un letrero se quede sin nada, faltaría más!

Virgilio pensaba que las letras iban a levantarse por sí mismas para volver a ocupar su posición en el letrero. Allí ya se lo esperaba todo.

Pero las siete letras continuaron donde estaban.

–En fin –suspiró el alcalde dándole una palmada en la espalda–, vamos, te dejo que las vuelvas a colocar tú mismo. Son adhesivas.

–¡Y yo qué sé qué ponía el letrero!

–¡No me seas cuentista, usa la lógica!

Virgilio tragó saliva.

¿La lógica? ¡Con siete letras podían escribirse muchas palabras distintas!

–Ni idea –insistió.

–¡Por todas las haches! –el señor alcalde elevó la cabeza y las manos al cielo–. ¡No me extraña que estés aquí!

–Yo no soy adivino –se quejó él.

–¡No hace falta ser adivino! –abrió sus dos rechonchos brazos su anfitrión–. ¿Por dónde crees que hay que ir, por aquí o por allá?

Virgilio miró a la izquierda. El camino llevaba directamente a una especie de barranco. Por la derecha, en cambio, se adentraba en la vegetación rumbo al centro del Mundo de las Letras, o al menos eso le decía su instinto después de recordar las direcciones de la primera plaza con la que se había tropezado.

–Pues... por aquí –señaló la parte derecha de la bifurcación.

–¡Exacto! –le aplaudió el alcalde–. ¿Lo ves?

¿Qué había dicho?

Miró de nuevo las letras. Y entonces lo comprendió todo.

Sí, desde luego estaba bastante claro.

Recogió primero la P, después la O, en tercer lugar la R. Las fue colocando en el letrero. Cuando puso la séptima y última letra, podía leerse perfectamente:

El señor alcalde le aplaudió con entusiasmo.

–Muy bien –en sus ojos brilló algo parecido a un orgullo paterno–. ¿Ves como no era tan difícil?

–Mire, oiga, todo esto está muy bien, pero usted vive aquí y ya se las sabe todas, mientras que yo...

–Vas un poco despistado, lo sé. Pero aprenderás.

–¿Cómo que aprenderé?

–Tú déjame a mí.

–¿Me va a dar clases? –se horrorizó Virgilio.

–¡Por supuesto que no! ¡Yo no soy un profesor! ¡Soy el alcalde! ¡A cada cual lo suyo!

–Entonces no entiendo cómo va a enseñarme.

–Tampoco voy a enseñarte nada, aunque sí te contaré algunas cosas, a medida que vas leyendo.

Eso de que «estuviera leyendo» sin darse cuenta, sin saberlo, le chocaba cantidad. Pero ya no se atrevía a llevarle la contraria al pintoresco alcalde.

Inofensivo aunque insistente.

Se encontró con su mirada mitad divertida y mitad perspicaz. Debajo del bombín negro, sus ojos brillaban como ascuas. ¡Y nunca dejaba de sonreír, más contento y feliz que unas pascuas!

–Sigues sin entender la cantidad de maravillas que pueden hacerse con las letras, ¿verdad? –le dijo.

–Las letras sirven para hacer palabras, y con las palabras se hacen frases, y con las frases, libros o artículos, nada más –manifestó Virgilio.

–Te equivocas. Con todo eso pueden hacerse muchas más cosas, algunas muy divertidas.

Iba a decir que no, tozudo, cuando recordó el Bosque de Letras y el Zoo.

–Está bien –se rindió–. Hágame una demostración.

Lo estaba esperando, se le notaba. El señor alcalde llenó sus pulmones de aire, con lo cual se hinchó un poco más y casi pareció que estuviera a punto de levitar.

–¿Cuál es tu apellido? –quiso saber.

–Zara.

–¿Zara? ¿Zara? Perfecto. ¿Cuántas palabras que signifiquen algo pueden escribirse con estas cuatro letras?

–Pues... una: Raza.

–Te olvidas de otra: Azar.

–Es verdad –asintió Virgilio.

–Ahora, más difícil. Dejando inmóviles las dos aes de tu apellido, que están en el segundo y el cuarto lugar, y jugando con las restantes letras del abecedario, ¿cuántas palabras con sentido pueden escribirse?

A Virgilio, eso ya le pareció excesivo.

–Ni idea –confesó.

–Pues ni más ni menos que ciento cuarenta y dos. Aunque ni yo soy infalible, que conste. A veces resulta que hay un árbol raro en Cachemira o un río pequeñajo que solo conocen cuatro gatos en Perú y también a mí me pillan. Tú también puedes intentar pillarme.

–¿Y cómo lo sabe así, sin más?

–Oh, bueno, es fácil. Las he escrito en mi mente y luego las he contado –reveló el alcalde con toda naturalidad y sin nada de fanfarronería.

–Ya –dudó Virgilio.

–Está bien, mira.

Y cogiendo una varita del suelo, escribió a toda velocidad en la tierra del camino las ciento cuarenta y dos palabras.

BABA	BACA	BAJA	BALA	BASA	BATA	BAZA
CACA	CADA	CAGA	CAJA	CALA	CAMA	CANA
CAPA	CARA	CASA	CATA	CAVA	CAZA	DABA
DAGA	DALA	DAMA	DARÁ	DATA	FACA	FAJA
FAMA	GAFA	GAGA	GAMA	GANA	GASA	GATA
GAVÁ	GAYA	GAZA	HABA	HADA	HAGA	HALA
HARÁ	JACA	JAJÁ	JALA	JAMA	JARA	JATA
JAVA	LACA	LADA	LAJA	LAMA	LANA	LAPA
LASA	LATA	LAVA	LAXA	LAYA	MACA	MAGA
MAJA	MALA	MAMA	MANA	MAPA	MARA	MASA
MATA	MAYA	MAZA	NABA	NADA	NANA	NAPA
NASA	NATA	NAVA	PACA	PAGA	PAJA	PALA
PANA	PAPÁ	PARA	PASA	PATA	PAVA	PAYA
RABA	RACA	RADA	RAGA	RAJA	RALA	RAMA
RANA	RAPA	RARA	RASA	RATA	RAYA	RAZA
SABA	SACA	SAGA	SAJA	SALA	SAMA	SANA
SARA	SAYA	TABA	TACA	TAHA	TAJA	TALA
TAPA	TARA	TASA	TATA	TAYA	TAZA	VACA
VAGA	VANA	VARA	VAYA	YABA	YACA	YAJA
YANA	YAPA	YAYA	ZAFA	ZAGA	ZALÁ	ZAPA
ZARA	ZATA					

Virgilio se quedó aún más impresionado por la velocidad con que había hecho todo aquello que por el número de palabras distintas.

–¿Qué tal? –se enorgulleció el alcalde.

–Hay palabras que no me suenan de nada –dudó él.

–¿Como cuáles?

–Gaza.

–Una gaza es un lazo que se hace en un cabo.

–Laya.

–Es una pala de hierro con dos mangos.

–Yaca.

–Es un aroma de la India.

Virgilio le lanzó una mirada desconfiada. Era imposible que nadie supiese tantas cosas.

–¿Me toma el pelo o qué?

–En absoluto.

–Ni que fuera un diccionario con patas.

–¿Quieres ponerme más a prueba? –le retó el dignatario.

–Zata –probó Virgilio.

–Balsa de madera que sirve en los ríos para transportar mercancías.

Era demasiado.

–¿Yapa? –comenzó a rendirse.

–Azogue que se agrega al plomo argentífero para aprovecharlo. Y también la parte última y más fuerte del lazo-regalo que hace el vendedor al comprador.

–Ya, así que «jaja» debe de ser una risa doble, y «nava» una nave femenina.

–No, pero no está mal. Tiene gracia –y le aclaró rápidamente–: Una «jajá», acentuado en la segunda «a», es un ave zancuda, y una «nava», una llanura cultivable entre montañas.

–¡Le pillé! –gritó Virgilio al notar que faltaba una palabra–. ¡No está Rafa!

–Rafa no es ninguna expresión.

–¡Ah, no! ¡Pues en mi cole hay un chico que se llama así!

–No me seas tramposo. Aunque yo también hago alguna trampilla. He puesto Gavá y Sama, que no son palabras de uso común, sino pueblos, Gavá y Sama de Langreo. Y Raga, que es una composición musical hindú aunque no esté en muchos diccionarios. Pero ya te he dicho que todo era flexible.

Sin saber exactamente la razón, Virgilio se sintió irritado. Las personas sabelotodo solían ponerle de los nervios.

–¿Y todo esto de qué sirve? –refunfuñó.

Siguieron caminando. Sus pies aplastaron la tierra en la que el alcalde había escrito las palabras, y estas se desvanecieron bajo sus pasos.

–Todo sirve para algo, amigo –reflexionó el hombrecillo quitándose el sombrero un momento, lo cual permitió a Virgilio ver que tenía un solo cabello, pero muy largo y perfectamente extendido en círculos por toda la cabeza–. El saber no ocupa lugar.

–¡Vaya, la frasecita!

–Si es que es verdad.

–Ya, y la gente que no sabe nada, ¿qué?

–No todo el mundo tiene el mismo cerebro, naturalmente.

Volvió a colocarse el bombín.

–Yo creo que es mucho mejor ser ignorante. Te preocupas de menos cosas –dijo Virgilio.

–¿De veras crees lo que dices?

No lo creía, pero seguía sintiéndose molesto por la demostración del alcalde. Aquello sonaba a cantilena del tipo «mira-lo-mucho-que-sé-yo-y-lo-tonto-que-eres-tú».

–A mí me parece una tontería saber que hay ciento cuarenta palabras...

–Ciento cuarenta y dos.

–¡Bueno, pues las que sean! –se enfadó aún más el chico–. ¡Como si son mil! ¡Eso solamente sirve para dar el pego!

–¿No te resulta divertido? –se extrañó el hombrecillo.

–¡No!

–¿Curioso? –tanteó.

–¡No!

El alcalde parpadeó, asustado por la vehemencia verbal de Virgilio.

–Eso es porque no le has cogido el tranquillo –insistió.

–¡Es aburridísimo!

–¿Aburrido? –fue como si le pinchara–. ¿Cómo va a ser aburrido jugar?

–¡No es un juego!

–Sí es un juego.

–Que no. Y si lo es, es un juego aburrido.

–A mí me parece aún más aburrido no hacer nada, o pasarse cinco horas delante de una tele en posturas grotescas moviendo únicamente un dedo para cambiar de canal.

—¡Ya salió la tele!

—Chico, ¿qué quieres que te diga? Y que conste que no estoy en contra de la tele, ni de los videojuegos, ni de un buen disco, ni de... No estoy en contra de nada, todo es útil, todo sirve para algo. ¡Pero siempre y cuando mesuremos el tiempo que dedicamos a cada cosa y, sobre todo, escojamos nosotros! ¡Si podemos, hagámoslo!

—Está bien: demuéstreme que todo ese rollo de las letras es un juego —le retó Virgilio.

—¿Hablas en serio?

Al alcalde le brillaban los ojos de una forma extraordinaria.

—Sí —insistió Virgilio.

—¿De veras quieres que te enseñe a jugar con las palabras?

—Sí.

—¿Y que te cuente todo, todo, todo lo que se puede hacer con ellas?

—Sí —dijo Virgilio por tercera vez.

El alcalde dio la impresión de comenzar a disfrutar, dispuesto a hablar, y a contarle, y a mostrarle...

Solo fue eso, una impresión.

—No —cambió de idea de pronto.

—¿Por qué?

—Porque no sé si valdrá la pena.

—¡Claro que valdrá la pena! ¡Y además lo está deseando!

—¿Yo? —fingió no estar en absoluto de acuerdo—. No sé de dónde sacas algo tan peregrino.

—¿Cómo son esos juegos?

–De palabras, de ingenio, acertijos... Cosas así. Tonterías –hizo como si no le diera importancia.

Virgilio cambió de táctica.

–Venga, señor alcalde.

–Que no, que no.

–¡Porfa!

Ni que hubiera dicho algo grave.

–¿Porfa? ¡Oh, cielos! –se llevó las manos al bombín–. ¡Si supieras lo que molesta a las palabras que las corten! Cuando dices «profe», sin el «sor» o el «sora» final... o eso de «porfa», todo junto y sin el «vor»... ¡Es un atentado a su dignidad!

–Pues lo tienen crudo –rio por primera vez Virgilio–. Todo el mundo habla así.

–¡Hablan mal, por supuesto! Y qué me dices del respeto, ¿eh? ¡No hay respeto!

–Bueno, vale, no se me despiste. ¿Va a enseñarme juegos, sí o no?

Pareció rendirse.

–¿Hablas en serio?

–Sí.

–¿No lo dices por cumplir, o por pasar el rato, o...?

–Si me he metido en El Libro... digo, perdón, si estoy leyendo El Libro, quiero leer esa parte.

Esta vez lo planteó perfectamente.

–De acuerdo, jugaremos –era como si hubiera conducido la conversación sibilinamente hasta ese punto, porque frotó sus manos muy feliz–. Pero cuando lleguemos al Mirador. Es un lugar muy tranquilo y relajante.

–¿Y falta mucho?

No tenía que haberlo dicho. Antes de que pudiera responder su anfitrión, de detrás de un matorral emergió un letrero que decía:

–¿Aún crees que has caído dentro de un libro, o que la habitación de la biblioteca era una cápsula de realidad virtual, o que la bibliotecaria te ha hipnotizado, o que, después de todo, estás soñando?

¿Cómo sabía el alcalde que había pensado lo de la realidad virtual?

–No estoy seguro –reconoció Virgilio.

–¿No es más sencillo ver la realidad? –preguntó el alcalde, abarcando con una mano cuanto los rodeaba.

–Los libros no son así –dijo Virgilio.

–Este sí.

–Sé muy bien cómo es un libro, no me líe.

–Claro, tú eres de los que ven un libro lleno de letras, y en lugar de ver algo fascinante y misterioso, arrugas la cara, te asustas y pasas. Pues déjame que te diga que hay muchas clases de libros, y no todos tienen letras. Realmente «odiabas» leer, ¿verdad?

–Tampoco es eso.

–¿Ah, no? Pues ya me dirás. Un solo libro en doce años...

–He leído muchos libros.

–Los del colegio y los que has de estudiar, pero una buena novela...

–¿Y cómo sabe que solo he leído un libro?

–Soy el alcalde. Yo lo sé todo.

–Eso es imposible.

–¿Quieres que te lo demuestre?

–No.

Virgilio golpeó una piedrecita con el pie y esta salió despedida por encima de la maleza. Al instante, por detrás de unas matas de flores muy amarillas, justo allá donde había ido a caer la piedra, una letra sacó la cabeza con aires molestos.

–¡Hermoso día! –la saludó el señor alcalde sacándole del apuro.

Apretaron el paso.

–¿Qué clase de letra era esa? –preguntó Virgilio un trecho más allá.

–Una esteta.

–¿Una qué?

–Viven solitarias, sin meterse con nadie. Huyen del mundanal ruido.

–O sea, que en todas partes hay locos y locas –a Virgilio le pareció un hecho evidente.

–Un esteta busca la elegancia y la hermosura, no está loco –le explicó el alcalde–. ¿Acaso no has visto lo bonita que era esa letra?

Si no fuera por la promesa de lo de los juegos, habría empezado a estar harto de todo aquello. Pero le picaba la curiosidad.

Y no podía olvidarse del Bosque, ni del Zoo.

Ni de su palabra en el muro de las palabras más bellas.

Se produjo un largo silencio.

Y antes de que uno de los dos pudiera romperlo, salieron de aquella jungla ajardinada y llegaron a una balconada abierta sobre el mismo cielo y bajo la cual se extendía, en toda su grandeza, el Mundo de las Letras.

–Esto es el mirador –dijo el alcalde.

A Virgilio no le quedó la menor duda, porque lo decía la misma balconada:

10

EL MIRADOR TENÍA todas las trazas de ser el lugar más alto de la zona, como si coronara una pequeña montaña, constituyéndose en una privilegiada atalaya desde la cual asomarse a lo más profundo de aquel paraíso.

Porque era un paraíso.

Virgilio nunca había visto nada tan singular.

No lejos, casi al pie, se veía una ciudad con barrios, calles, avenidas y un lago bañando su costa más oriental. La diferencia era que no había casas, sino letras. No las divisaba muy bien, pero desde luego lo eran. Letras de mil formas, de mil tamaños, de mil estilos. Y pese a la calma, pese a la silenciosa quietud, se notaba que la ciudad estaba viva. Rodeándola se alzaban más zonas arboladas, campos y caminos que los atravesaban, y a lo lejos, muy a lo lejos, se intuía lo que parecía ser la línea de una costa marina.

No recordaba que El Libro fuese tan grande.

–Esto es... inmenso –tuvo que reconocer.

–Infinito –dijo el alcalde.

–O sea, que no puede verse todo.

–En un abrir y cerrar de ojos.

–Oiga, no me líe, si es infinito no puede verse en un abrir y cerrar de ojos.

–El Mundo de las Letras es infinito, pero puede «verse» aquí –le puso el dedo índice en la frente–. Ya te lo he dicho antes. Si eres capaz de sentirlo, ya es como si, más que leerlo, lo devoraras.

–No me venda el número, ¿vale?

–¿Por qué eres tan susceptible? Yo no te estoy vendiendo nada. Estoy orgulloso de todo esto –señaló hacia abajo–. ¿Tú no estás orgulloso de lo que haces bien? Pues imagínate yo, que soy el alcalde. Y no olvides que eres tú el que ha querido leer todo esto y venir aquí y... –se le puso delante y colocó ambas manos en sus hombros–. Vamos, hombre, ¡déjate llevar! ¡No te resistas!

–Yo no me resisto.

–Sí, te molesta reconocer que esto te encanta y que le vas cogiendo el gustillo a eso de leer.

–Pse –se encogió de hombros Virgilio.

–Ven, siéntate –le pidió el alcalde.

Había un banco de madera frente al mirador. Se sentaron en él. Lo cierto era que Virgilio raramente se había sentido más tranquilo en la vida, aunque todavía luchaba y luchaba con la idea de que, en efecto, aquello le encantaba, y lo de leer... bueno, si leer «era eso», pues vale, pues sí.

–¿Preparado? –le preguntó el alcalde.

–¿Para qué?

–Para unos cuantos acertijos rápidos.

Se preparó.

–¿Cuál es la palabra de cuatro letras a la que si quitas una, se queda una?

Virgilio lo pensó un par de segundos.

–No sé –dijo rindiéndose fácilmente.

Pensó que el señor alcalde se pondría pesado, pero no fue así.

–Luna –afirmó–. Si le quitas la L, se queda Una.

–Oiga...

No le hizo caso. Comenzó a hablar como una ametralladora.

–¿Cuál es el ave con más letras?

–¿El diplodocus? –aventuró Virgilio.

–No. El abecedario –y sin darle tiempo a reaccionar, continuó–: ¿Qué animal se convierte en otro si le cambias una letra por otra?

–El... el... –Virgilio se esforzó en dar con uno.

–El cuervo. Si le cambias la «u» por una «i» se convierte en un ciervo. Y viceversa. ¿Qué es lo que habla todas las lenguas del mundo?

–Un libro... no, un diccionario múltiple... no, un ordenador... bueno, un superordenador...

–No: el eco.

Ahora las preguntas eran aún más rápidas. El rechondo hombrecillo disfrutaba un montón.

–¿Qué aparece dos veces en miércoles, una en lunes y ninguna en sábado?

Virgilio ya ni se dignó contestar.

–¡La E! –estalló en una carcajada el alcalde–. ¿Qué hay en medio de París?

–¡La torre Eiffel! –saltó Virgilio, convencido.

–No, la letra R –se rio el alcalde–. ¿Y entre el cielo y la tierra?

–Las nubes.

–No, la letra Y.

–¡Eso es trampa! –protestó Virgilio.

No le hizo ni caso.

–¿Cuál es la única palabra que tiene cuatro sílabas y más de dos docenas de letras, según la lengua en que la pronuncies?

–No hay ninguna palabra que...

–¡Alfabeto! –cantó triunfal su oponente–. Son cuatro sílabas, pero un alfabeto tiene muchas letras, ¿no?

–¡Jo...! –bufó agotado Virgilio.

–Dime un nombre que empiece por eme y termine en o.

–Manolo, Marcelino... Hay muchos –afirmó rotundo él.

–Casi –le guiñó un ojo el alcalde. Y anunció–: ¡Emeterio!

Era demasiado.

–¡Todas tienen truco! –se quejó Virgilio.

–¡Pues claro que lo tienen! ¡Para eso son acertijos! ¿No son estupendos? –y reanudó el bombardeo de preguntas–: ¿Qué tiene Adán delante que Eva tiene detrás?

–Ni idea –suspiró.

–¡La letra A! ¿Y qué lleva toda nariz en la punta?

–Dos agujeros.

–¡La letra Z!

–Eso no son acertijos, son chistes –logró meter baza Virgilio.

–Seguro que esta la sabes –le animó el alcalde dándole un suave codazo–. Una palabra con cinco íes.

Se concentró en ello.

Pero nada. No le salía nada.

–Es dificilísimo –se rindió.

–¡Muy bien! ¡Ya te dije que la acertarías! –le aplaudió con entusiasmo el alcalde.

¿Lo había acertado? Pero si...

Dificilísimo.

¡Ahí va!

–Una palabra que tenga las cinco vocales y que, además, no repita ninguna consonante.

Se lo pensó mucho, animado por su anterior acierto, pero volvió a tropezar.

–Ni idea –reconoció.

–Murciélago. Y hay muchas palabras que tienen así mismo las cinco vocales: esquilador, niquelador, superiora, educación, estudiosa, menorquina, equivocar, fecundación, mosquitera... Ahora dime nombres en los que intervengan las cinco vocales.

Virgilio volvió a concentrarse.

Y recordó a otro de sus tíos de pronto.

–¡Eustaquio!

–¡Fantástico! –casi gritó el máximo preboste de por allí–. Y hay más: Eulalio, Eucario, Eulogia... ¿Y nombres con una sola vocal?

–Ana.

–¿Y decías que no sabías? –le palmeó la espalda–. ¿Ves como todo es ponerse a pensar un poco?

–Ana, Bárbara, Marta... –se animó Virgilio.

–Y Barlaán, Barrabás, Blas, Clara, Clemente, Efrén, Etel, Fara, Gil, Mercedes, Odón, Oto, Ordoño, Reyes, Rodolfo, Sabas, Senén... Otra de las primeras: ¿qué hay en medio del Sol?

–Ahora ya le he pillado: la O.

–Vale, ya eres un experto –el alcalde pareció dar por concluida la sesión de adivinanzas–. Creía que tenías el tarro algo oxidado.

Virgilio sonrió. Era el primer adulto al que le oía decir «tarro», como él, en lugar de cabeza, cerebro o mente.

No era mal tipo.

Algo petulante, ridículo, insoportable a veces, grotesco, paliza a menudo, pero...

–De todas maneras, creía que cuando decía lo de «jugar», era porque jugaríamos a algo.

–Espera, tranquilo –abrió las manos el hombrecillo–. Todo a su tiempo. ¡Será por falta de posibilidades! ¿Por qué sois tan impacientes los chicos y las chicas de ahora?

–No somos impacientes –defendió Virgilio a la especie humana de menos de veinte... no, de menos de quince años–. Son nuestros padres los que nos dicen que no perdamos el tiempo.

–No le des la vuelta a las cosas, ¿quieres?

–Hablando de tiempo... ¿Seguro que...? –miró de nuevo Virgilio su reloj, todavía parado como antes, a la misma hora.

–Tranquilo. Confía en mí.

–Vale –se animó ante la posibilidad de jugar.

En realidad creía que el señor alcalde le hablaría del Scrabble o algo parecido.

–¿Has resuelto alguna vez un crucigrama, o una sopa de letras, o un salto del caballo? –le preguntó la primera autoridad del Mundo de las Letras.

–No.

–¿No?

–Pero si los crucigramas son dificilísimos –frunció el ceño él.

–No lo son.

–Sí lo son.

–Si sabes muchas palabras, están chupados –habló campechanamente el alcalde.

–Ya, pero si no las sabes... Mi padre nunca ha resuelto ninguno. Una vez tiró el periódico por la ventana, enfadado.

–¿Tu padre lee mucho?

–Cada día.

El señor alcalde le miró con un ojo medio cerrado.

–¿Cuántos libros al año?

–Yo no he dicho que fueran libros –Virgilio bajó la cabeza.

–¿El periódico?

–Casi. Lee prensa deportiva –levantó la cabeza y aclaró–: Es que es muy forofo del...

–¡No me lo digas! –le detuvo el alcalde–. Me encanta el fútbol, pero no la gente que pierde la chaveta con él y se vuelve... racista.

–¿Racista?

–Sí, racista. ¿Desde cuándo ser de un equipo o de otro hace a una persona mejor o peor? ¡Pues es lo que provoca el fanatismo! Si eres de un equipo rival... la gente ya no te encuentra tan simpático. ¡Es de locos! El fútbol es una cosa y el fanatismo otra. ¡Cuando veo a un señor subido a una valla gritándole al árbitro y pienso en lo que dirán sus nietos si lo ven...! –se dio cuenta de que se había puesto a gritar, rojo como un tomate, y reaccionó de golpe–. ¿Lo ves? ¡Hasta yo pierdo la ecuanimidad al hablar de fútbol y me voy por...! ¿Dónde estábamos? ¡Ah, sí, en lo de los crucigramas! ¿Quieres resolver uno?

–No voy a saber, seguro –dijo pesimista Virgilio.

–Eso está por ver.

Y dibujó y escribió en el suelo, a toda velocidad, primero, un cuadrado, y después, las preguntas del crucigrama:

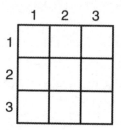

HORIZONTALES – 1: Extensión de agua salada más pequeña que un océano – 2: Consonante – 3: (Al revés) Entregas.

VERTICALES – 1: Una de las doce partes en que se divide un año – 2: Extremidad de un ave que le sirve para volar – 3: Utensilio utilizado por los pescadores.

Virgilio contempló con aires dudosos el crucigrama.

–Vamos, es fácil –le animó el alcalde.

–Ya.

–Yo te enseño, tranquilo. Vayamos a por las horizontales. ¿Extensión de agua salada más pequeña que un océano? Piensa.

–¿Mar?

–Muy bien. Ya tenemos una palabra –la escribió en las tres casillas correspondientes–. Ahora lo de la consonante.

–¡Uf! Puede ser cualquiera.

–Cualquiera no. Piensa.

–La mayoría de consonantes tienen tres letras.

–¿Estás seguro de que son «la mayoría»? Yo diría que solo hay ocho letras que cumplan este requisito.

Virgilio comenzó a deletrear el abecedario.

–A, B, C, D, E, F... –miró a su compañero–. La F es una –y continuó–: G, H, I, J, K, L... la L también, y la M, la N, la Ñ, la O no, ni la P, ni la Q... la R sí, y la S, y luego... T, U, la V desde luego, y el resto ya no.

–O sea, que solo son ocho, todas terminan en E y todas menos una comienzan también por E, por lo que aunque no sepas cuál es, ya puedes poner una E al final. Ahora eso de «Entregas». ¿Qué haces al entregar algo?

–Lo paso, lo doy...

–Por lo tanto, lo... das.

Virgilio miró cómo anotaba la última respuesta. El crucigrama tenía ya siete de las nueve casillas ocupadas.

–Ahora, las verticales. ¿Una de las doce partes en las que se divide el año?

–¡Mes!

–Escribes «mes» –lo hizo–, y ya solo te queda saber qué letra va en la casilla central. El dos vertical dice

«Extremidad de un ave que sirve para volar». Ya tenemos la A arriba y la A abajo, así que es fácil.

–¡Ala! ¡Y lo habría sabido aunque no hubiera esas aes! –saltó Virgilio.

–Pues ya tenemos el crucigrama resuelto, porque el tres vertical nos lo ha dado la respuesta de las otras.

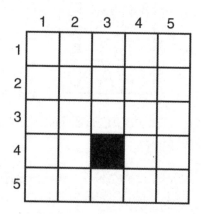

–Bueno, pero este era sencillito –reconoció Virgilio.

–Vayamos con uno un poco más difícil, ¿de acuerdo? –y sin esperar el permiso o la aquiescencia del chico, dibujó un cuadrado mayor, con cinco casillas por lado, y luego las preguntas.

HORIZONTALES – 1: Materia de la que está hecho el ser humano – 2: En plural, instrumento de caza o guerra empleado por algunas tribus – 3: Lugar donde retozan las vacas y otros animales – 4: Las dos primeras vocales - (Al revés) Medio padre – 5: Salsa masculina.

VERTICALES – 1: En plural, manto largo, suelto y sin mangas – 2: Que anima a los animales a moverse y caminar – 3: Sello discográfico en el que grabó Elvis Presley desde 1956 - Letra equivalente al número romano que significa 50 – 4: No eres generoso – 5: Gran escritor griego de fábulas.

–Este sí es gordo –vaciló Virgilio.

–Tranquilo. La mayoría de crucigramas tiene «truquis». No importa que no sepas algunas palabras. Si en una línea te dice que la palabra está en plural, ya sabes que acaba con una S aunque no la conozcas de momento. Y así la mayoría. ¿Estás preparado?

–Sí –se concentró él.

–Léetelo y dime si sabes alguna respuesta.

Lo hizo.

–Pues... lo de la materia de la que está hecho el ser humano, y de cinco letras, no puede ser sangre, así que debe ser... carne –le miró de reojo, pero ya el alcalde lo había escrito en el crucigrama–. Y el instrumento de caza... acaba en S porque es plural, pero... ¡espera! –se quedó tenso un instante y luego casi gritó–: ¡Arcos! ¡Tiene que ser arcos!

El alcalde lo escribió.

–Sigue.

–El tercero, podría ser campo. Las vacas retozan en el campo, ¿verdad? Y tiene cinco letras.

El alcalde no lo escribió, así que se lo ordenó él.

–Vamos, pon campo.

Le obedeció.

–Del resto solo sé que las dos primeras vocales son A y E. Pero ya está. Las verticales, ni una.

–Veamos qué tenemos –dijo su compañero.

	1	2	3	4	5
1	C	A	R	N	E
2	A	R	C	O	S
3	C	A	M	P	O
4	A	E	■		
5					

–Mira el 1 vertical –indicó el alcalde–. ¿Qué es un manto largo, suelto y sin mangas?

–¿Una túnica?

–Cinco letras.

–¡Una capa!

–Muy bien, pero...

La tercera letra vertical no era una P, sino una C.

–Si campos está bien y capas está bien...

–Una de las dos está mal. ¿Cuál es?

Virgilio se mordió una uña, nervioso.

–¿Seguro que no hay más formas de decir campo? –le dio una pista el alcalde.

–¿Monte? No. Si capas es correcto, la tercera horizontal ha de empezar por P. Y eso es... P de... P de... –en esta ocasión dio un grito–. ¡Prado!

El señor alcalde borró «campo» y escribió en su lugar «prado». El resto ya parecía muy fácil.

–Lo de «noeresgeneroso», si ya tenemos «nod»... ¡Nodas! Todo junto –miró al alcalde–. Esto, más que un «truqui», es una pasada.

–En los crucigramas, todo vale, muchacho.

–Pues el resto... Medio padre... ¡claro, es pa, y al revés, ap! Y lo de salsa en masculino... ¡Vaya, otra pasada! –se echó a reír–: ¡Salso! ¡Qué fuerte! Y la última, el cinco vertical... ya no hay ni que pensarlo porque con todas las letras puestas...

–Pues debería ser el más sencillo. Esopo fue el más grande fabulador que existió.

–Menos mal que unas letras dan pistas, porque si no... Lo del sello discográfico de Elvis Presley, ¿cómo quiere que yo lo sepa?

–Pues ahora ya lo sabes. Los crucigramas tienen esas cosas: que luego ya no te olvidas de muchas de sus respuestas.

–Bueno, pues no ha estado mal –suspiró satisfecho y orgullosísimo Virgilio.

Y miró su segundo crucigrama resuelto.

	1	2	3	4	5
1	C	A	R	N	E
2	A	R	C	O	S
3	P	R	A	D	O
4	A	E	■	A	P
5	S	A	L	S	O

–¿Qué tal ahora uno verdaderamente difícil?

–¿Otro?

–Para que te lo lleves y lo resuelvas tú solito, en casa. ¿Aceptas el reto?

Si era para llevar...

–Vale.

–¡Muy bien, así me gusta! –ponderó el alcalde.

Extrajo un papel de uno de los bolsillos de la levita y se lo dio a su visitante. Ya estaba dibujado y escrito, como si lo llevara a punto para algo como aquello, y era muy bonito, armónico y centrado:

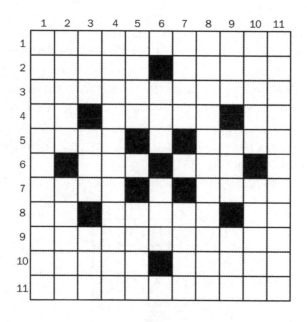

HORIZONTALES – 1: Fiesta de los judíos en memoria del día en que entregó Dios a Moisés las Tablas de la Ley en el Monte Sinaí – 2: Cerro aislado que domina un llano - (Al revés) Empleado subalterno de algunos tribunales – 3: (Al revés) Que fosiliza – 4: Entregué - Nombre femenino que en plural se lee igual por los dos lados - (Al revés) Que está «en la onda» – 5: Tirol sin T - Primera letra del alfabeto - (Al revés) Me rendí – 6: Vocal - Entregad generosamente - Apócope de «ilusión» en boca de un niño - Vocal – 7: (Al revés) En latín, día - Vocal - Primera parte del apellido del autor de *Fuenteovejuna*, también conocido como «Fénix de los ingenios» – 8: (Al revés) Nota musical - Montañas de Chile en la cordillera de la costa - Prefijo negativo que indica «ausencia de» – 9: (Al revés) Llevar algo de un lado a otro – 10: (Al revés) Carburo de hidrógeno saturado - Golpee con una vara – 11: Consiguiéramos algo difícil.

VERTICALES – 1: Mendigos – 2: (Al revés) Corrientota de agua que va por la tierra - (Al revés) Río de Venezuela – 3: (Al revés) Entreguen - (Al revés) Marchado - (Al revés) Diminutivo de Patricia – 4: Irte de un lugar a otro – 5: (Al revés) Gas que forma parte del aire - Letra equivalente al número romano que significa 500 - Palabra imaginaria formada por las letras L, O, E y R – 6: Letra equivalente al número romano que significa 100 - Cólera, enojo - (Al revés) Letra griega - Primera letra del alfabeto – 7: Orilla adornada de ciertas telas y vestidos - Vocal - Gastar, utilizar – 8: Resultante melódica de interpretar un grupo de seis notas musicales iguales que se cantan o tocan en el tiempo correspondiente a cuatro de ellas – 9: (Al revés) Apócope abreviado de situación - Cantan dos - (Al revés) Bahía y municipio de Cuba – 10: (Al revés) Haga enfadar - Acto de dar a luz – 11: Justos, bastantes.

Virgilio le echó una ojeada y se lo guardó en el bolsillo del pantalón. Parecía muy difícil, pero se sentía capaz de resolverlo.

Una corriente de contagioso entusiasmo le había invadido.

Nunca había pensado que sería capaz de hacer un crucigrama.

Y, desde luego, era divertido.

Aunque, eso sí, había que pensar... y tener paciencia.

–¿Qué más?

El alcalde lo contempló con las cejas arqueadas.

–Vaya, vaya –exclamó–. ¿Percibo cierto, digamos, entusiasmo, o es que no tienes nada mejor que hacer y estás dispuesto a lo que sea para pasar el rato?

–Vamos, no se enrolle –le apremió Virgilio, utilizando su jerga juvenil–. ¿No me ha dicho algo de una sopa de letras y de un salto de caballo?

–¿No prefieres seguir caminando y viendo esto?

–Después.

Antes de que el señor alcalde volviera a hablar o a escribir algo en la tierra, con su peculiar velocidad, en sus ojos brilló una lucecita muy fuerte, muy poderosa, pero también muy rápida, fugaz.

Virgilio percibió todo su orgullo.

Iba a escribir de nuevo en el suelo, tras borrar el crucigrama, cuando de pronto, al otro lado del Mirador, aparecieron unas letras volando por el aire. Emergían de la ciudad unidas por unas apenas perceptibles cuerdecitas, y sus partes, hechas de suaves telas de colores, ondeaban al viento como banderitas llenas de vida. En unos segundos, el cielo se llenó de ellas.

Virgilio se quedó extasiado.

–¿Qué es eso? –balbuceó.

–Letras cometa –dijo el alcalde–. Nos gusta mucho hacerlas volar. ¿A que son preciosas?

Lo eran, lo eran.

–Fíjate en esa M, ¡qué señorial! ¿Y qué me dices de la R, y de la S?

Todas eran preciosas.

–¿Y aquella?

–Es una U, y la otra una P... ¡y aquella una O!

Virgilio se olvidó de todo. Era lo más fascinante que... Bueno, desde que estaba allí no paraba de decir lo mismo, del Bosque, del Zoo, de...

Ahora resultaba que las letras incluso podían volar. Letras de cometa. Increíble.

De pronto pensó algo.

Nunca había tenido una cometa.

Se preguntó por qué.

Y entonces recordó que una vez, siendo mucho más niño, uno de sus tíos le había preguntado si quería una,

y él, indiferente, le respondió que no, que una cosa sin
pilas seguro que era aburrida.

Además, se necesitaba viento, y aprender, y se corría
el riesgo de que se enredara con los árboles...

Qué tonto había sido.

—Fíjate en ese grupo de minúsculas —apuntó con un
dedo el alcalde.

Continuaron mirándolas un buen rato, hasta que el alcalde reclamó de nuevo su atención.

–¿Preparo la sopa de letras?

–Sí, vale –reaccionó Virgilio.

Con rápidos movimientos, la mano del hombrecillo escribió nada menos que doscientas veinticinco letras en el suelo.

Todas muy centradas, armónicamente dispuestas en un cuadrado perfecto.

Virgilio estaba asombrado de su habilidad tanto como de su rapidez.

Así pues, dejó de mirar las cometas para concentrarse en aquello.

```
B A N J O P D F I R C A M S T
G Q U E B I L S A I O B A E R
T U S P Y A U N T G O S N A O
A O I I U N T A Ñ M O O D R M
M A T T S O R E B D R T O M P
B O A O A A R O R A M A L O E
O V R S X R T N O I S O I N T
R Y I E O T R O M P A L N I A
M U N O E U O A I C O O A C E
A S P N L B M E R O B V Q A U
R E O U I A P N C O I D I B A
A R T E R U A N E O R G A N O
C A S T A Ñ U E L A A J R S A
A C L A R I N I L N O O P S O
S T R C O R N O O O S L A U D
```

–Ya está –anunció el alcalde tras la última.

–¿Esto qué es? –preguntó Virgilio, perplejo.

–Ya te lo he dicho: una sopa de letras.

–¿Y qué se supone que ha de hacerse con eso?

–Pues mira. Como antes has escrito «Música» como palabra hermosa en el mural, y veo que te gusta la música, te he preparado una sopa de letras musical. Aquí, en horizontal, en vertical, y en diagonal de izquierda a derecha y de derecha a izquierda, pero siempre en sentido descendente, puedes encontrar nada menos que 33 instrumentos musicales... aunque tiene un truco: uno de ellos está repetido.

–¿Treinta y tres? ¿En serio? –no se lo creyó Virgilio.

–Espera, que no es todo. Con las letras de las casillas restantes, que son sesenta y cuatro, leerás, al final, un fragmento de la letra de una canción de John Lennon titulada «Imagina».

El muchacho contempló las doscientas veinticinco letras con los ojos muy abiertos. Aquello era un caos.

–No puede ser –dijo.

–Sí puede ser –afirmó el alcalde.

–Pero esto es un verdadero galimatías.

–¿Por qué te crees tú que lo llaman sopa de letras, eh? Míralo bien. Todo es empezar.

Virgilio lo miró bien.

Nada.

No encontraba nada que tuviera un sentido, y menos que...

–Un momento...

De pronto, fue como si las ideas se le aclararan, o como si sus ojos se habituaran a reconocer lo irreconocible en mitad de aquel pandemónium ilustrado, porque primero aquí y luego allá, los nombres de algunos instrumentos se le aparecieron con luz propia, como si destacaran del resto.

–¡Aquí pone tambor, en la primera línea vertical! ¡Y a continuación, maracas!

–Ya tienes dos.

Sus ojos seguían ávidos las líneas, primero las verticales, ya que acababa de dar con dos instrumentos en ellas.

–En la tercera parece que ponga sitar... –miró al alcalde para estar seguro y preguntó–: ¿Qué es un sitar?

–Un instrumento hindú.

–¡Jo! –iba a protestar, pero prefirió seguir jugando–. Pito... Saxo... Lira... Piano... Tuba... ¿Eso es un instrumento? –y ante el movimiento de cabeza del alcalde, continuó–: Trompa... Cello... Mandolina... Arpa... Armónica... y Trompeta.

El alcalde las había señalizado todas, uniéndolas una a una mediante círculos.

–Ahora, las horizontales –continuó Virgilio–. Banjo... Trompa... ¿Esa no la he dicho antes? ¡Es la repetida, claro! –se animó aún más–. ¡Bien! ¿Por dónde iba? Órgano... Castañuela... Clarín... Corno... y Laúd –volvió a mirarle–. Qué pocas. ¿Cuántas van?

–Veintiuna.

–¿Quedan doce? –se asustó.

–Ánimo, hombre.

Lo de las diagonales le pareció más fuerte. No le salía ningún instrumento. Se le iban los ojos. Tuvo que emplear un truco. Puso el brazo en el mismo sentido, en diagonal, entre sus ojos y las letras escritas en el suelo, y fue leyendo las líneas de esa forma, primero de izquierda a derecha y luego de derecha a izquierda, bajando el brazo despacio para ir fijándose en cada una de esas diagonales.

Para su sorpresa, aparecieron nuevos instrumentos.

–Guitarra... Viola... Fagot... ¡Anda que hay cada instrumentito! Batería... Violín... Flauta... Tenor... Bajo... Tenora... Bombo... Cítara... y Oboe.

Juraría que no había más.

–¡Treinta y tres! –manifestó rebosante de satisfacción el alcalde, aplaudiéndole con entusiasmo.

–¿Quiere decir que las he... encontrado todas?

–Míralo tú mismo.

La sopa de letras presentaba este aspecto:

–Y ahora lee la frase con las letras que ocupan los espacios libres –le recordó el señor alcalde.

–Dirás que soy un... soñador, mas no soy el... único –deletreó despacio–. Espero que... un día te unas a... nosotros.

–¡Felicidades! ¡Has resuelto a plena satisfacción tu primera sopa de letras! Si se dieran diplomas por algo así, te lo daría, pero no se dan. ¿Qué tal?

La verdad es que había estado genial.

Sobre todo, por haberlo resuelto.

–Ya, pero aquí, con usted... Seguro que en casa tropiezo y lo dejo.

–Ya no lo dejarás nunca. Recordarás esto y te picarás. ¿O no tienes orgullo?

Lo tenía, pero a veces se le olvidaba.

Las letras cometa seguían ondeando al viento, y a veces incluso jugaban entre sí formando palabras.

–Bueno –dijo el sorprendente hombrecillo, cada vez más increíble–. Te enseño el salto del caballo y nos vamos a la ciudad, ¿de acuerdo?

Crucigramas, sopas de letras, y ahora saltos del caballo. Iba a ser todo un experto. Y desde luego, algunas de las adivinanzas con palabras tenían gracia. Se las formularía a Tomás.

–De acuerdo –se aprestó Virgilio para el nuevo juego.

El alcalde ya había borrado la sopa de letras y estaba trazando de nuevo las rayas de un cuadriculado en el suelo. Cuando lo completó, lo llenó de letras o, mejor dicho, de sílabas.

CON	VI	PA	VUE	POR	TIN
PO	LA	BER	DA	A	NO
EN	CI	EN	DES	GAN	BAN
UN	RO	COR	VE	SI	TO
EN	TO	VE	EL	ÑO	LA
LE	TA	CA	NO	DA	MAR

PARECÍA UNA SOPA DE LETRAS.

—Parece una sopa de letras, ¿verdad? —la máxima autoridad del Mundo de las Letras le había robado el pensamiento.

—¿Cómo se juega?

—¿Sabes algo de ajedrez?

Otro de sus muchos tíos, Cosme, le había enseñado hacía tres o cuatro años, pero...

Entonces se le antojó muy aburrido. Había que pensar demasiado.

—Sé cómo van las piezas, pero jugar una partida es otra cosa.

—No hay que jugar ninguna partida, hombre. Hay que encontrar una frase siguiendo los movimientos de un caballo en el ajedrez. Y no sobra ninguna cuadrícula.

El caballo se movía siguiendo una casilla en diagonal y otra recta, o una recta y la siguiente en diagonal. Así:

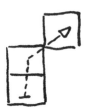 

–Se empieza por la primera: CON –le invitó el alcalde a iniciar la búsqueda de la frase.

Aquello era complicado. Había que hallar un sentido en la siguiente sílaba para ir ordenando la frase. A veces las sílabas se encadenaban con facilidad, pero en otras ocasiones, desde una casilla se tenía al alcance un par de sílabas con idénticas posibilidades, teniendo en cuenta que la frase no se conocía. Desde la primera solo se podía ir a dos casillas, pero desde cualquiera de las de en medio, las alternativas eran cuatro.

Tuvo que empezar a ir y venir, haciendo pruebas.

–Con... ber.... ve... ca... no, no tiene ningún sentido. Con... ci... ve... No, no, creo que es Con... ci... en... ca...

–Vas bien –le animó su nuevo amigo.

–Con... ci... en... ca... ño... nes...

Iba haciendo marcas en las casillas ya utilizadas. Si debía volver atrás, las borraba con el dedo. La tierra era estupenda, parecía dejarse «escribir» sin problema. A Virgilio, de pronto, el crucigrama y la sopa de letras le parecían de lo más sencillo comparados con aquello.

Se hizo un lío una vez más.

–No me sale –reconoció.

–No te rindas. Ya tienes el comienzo: «Con cien cañones por banda». ¿No te suena?

–No.

–Es un famoso poema de Espronceda.

–Aún no...

–Sí, ya sé: aún no habéis llegado a Espronceda en el cole –el alcalde puso cara de picardía.

Virgilio continuó:

–Vi... en... to... –le salió una frase casi tirada– en popa a toda vela...

–Ya está, ya lo tienes.

Quedaban pocas casillas.

Pero fue más por el ánimo del señor alcalde, por la forma en que él tiraba de su propia mente, por lo que Virgilio completó la prueba.

–No... cor... ta... el... mar... si... no.... vuela un ve... le... ro bergantín.

–«Con cien cañones por banda, viento en popa a toda vela, no corta el mar sino vuela un velero bergantín» –repitió su compañero de una tirada.

Virgilio se sentía agotado.

–Este es duro –reconoció.

–¿Qué quieres, que todo sea fácil? ¿Que dure cinco segundos, como una peladilla? ¿Y lo bien que se te queda el cuerpo cuando lo has resuelto?

–Eso sí.

–¡Pues claro!

No hacía nada de calor, ni frío tampoco. Allí la primavera era perpetua.

A pesar de ello, el señor alcalde se quitó el bombín por segunda vez. Se «despeinó» sin darse cuenta al pasarse una mano por su oronda cabeza, así que tuvo que «peinarse». Cogió el extremo de su único cabello y, con suma maestría, se lo distribuyó en círculos hasta completar el recorrido. Su calva se convertía así en una especie de diana para hacer puntería.

Ocultó la larga espiral capilar, nuevamente, con el bombín negro.

–¿Por qué viste así? –se interesó Virgilio.

–¿Cómo visto?

–Raro.

–Yo no voy raro.

–Pues a mí me lo parece.

–Soy el alcalde.

Era una justificación.

–Tú sí que vistes raro –contraatacó la autoridad competente.

–¿Yo?

Virgilio miró sus pantalones anchos, sus zapatillas deportivas tipo tanque, su camiseta dos tallas mayor y por encima, y el cabello cortito. Todo era de lo más normal.

–Bueno –suspiró el alcalde–. Será mejor que sigamos andando. Los palíndromos y bifrontes te los puedo decir mientras caminamos o mejor en el auditorio. No quiero llegar tarde al concierto.

–¿Los qué? –puso una cara rarísima Virgilio.

–Palíndromos y bifrontes –repitió su compañero.

–¿Y eso qué es?

–¡Ay, señor! –suspiró el rechoncho hombrecillo–. Eres una calamidad.

–¿Qué pasa? Uno no nace enseñado.

–Y si encima no hace ningún esfuerzo para serlo... –se levantó–. Vamos, en pie. Ya te lo contaré luego. La orquesta, como no tiene director, a veces se descontrola y empieza antes.

–¿En serio hay un concierto?

–Sí, cada día. Y es precioso.

–¿Un concierto de música?

–No, si te parece será de acuerdos comerciales.

–Pero si por aquí no hay nadie –objetó él.

–Un artista ha de tocar para sí mismo, y si hay público, mejor, pero primero para sí mismo. Además, estoy yo. Y hoy, encima, estás tú. Y no te olvides de que aquí todo está vivo. Cada letra. Cada casa.

Virgilio volvía a no entender nada.

Pero se puso en pie secundando al alcalde, que había dado dos pasos hasta llegar junto al Mirador.

–Allí está el auditorio, ¿lo ves?

–Será de música clásica, por supuesto –dejó bien sentado Virgilio.

–Lo dices como si fuese algo aburrido.

–Hombre, es que la música clásica, a mí...

–¿Ya empezamos? –el alcalde estaba altamente mosqueado–. ¿Al señor también le molesta todo lo que no sea chunda-chunda? –movió los dos brazos como si hinchara algo.

–Me gusta el *rock*, y el *pop*, y el *heavy*, y el *tecno*, y la...

–Mira, tú ven al concierto y después hablamos, ¿vale?

–Vale –se resignó Virgilio.

–De acuerdo.

Empezó a andar, y él a seguirle. Era la primera vez que lo veía serio.

–No se enfade –le dijo el chico.

–¿Enfadado yo? No, hombre, no. Yo nunca me enfado. Si alguien es picajosillo aquí, ese eres tú.

–Yo no me pico.

–No, qué va. Antes, cuando no acertabas las adivinanzas y los acertijos, tenías un mosqueo...

Virgilio pasó por alto la pulla. Prefirió echarse a reír.

–Oiga, ¿cómo es que habla así? –inquirió.

–¿Cómo hablo?

–Pues... normal, como cualquiera de mis colegas. Pensaba que, siendo el alcalde de por aquí, sería de lo más refinado y repipi.

–Es que si hablo refinado, igual no me entiendes –quiso aclararle el hombrecillo.

–Ah –no supo qué decir él.

Se habían alejado ya unos metros del Mirador y de la visión de las letras cometa. Descendían por un camino que bordeaba la elevación en la que acababan de estar. Volvían a estar rodeados por una tupida vegetación muy colorista.

Virgilio se sentía realmente bien. Había resuelto dos crucigramas, una sopa de letras y un salto del caballo.

De pronto, comprendió que quería más.

–¿Se pueden hacer muchas más cosas con las letras? –quiso saber.

–Cantidad.

–¿Como qué?

–Pues... déjame que piense –el alcalde se detuvo y su compañero hizo lo mismo–. Por ejemplo, enviar mensajes secretos, hacer de espía y cosas así.

–¿Cómo? –le encantaba jugar a espías.

–Sustituyendo letras por números.

–Ah –parpadeó sin saber de qué le hablaba.

–No me digas que nunca has jugado a enviar mensajes secretos.

–Pues no.

–¡Señor, señor! ¿A qué jugáis allá afuera?

Era la primera vez que al hablar del mundo exterior, o real, o lo que fuese que lo diferenciase de aquel, decía «afuera». Pero Virgilio lo pasó por alto porque estaba demasiado interesado en la conversación.

–Enséñeme a hacer un mensaje secreto.

–Mira, este método es el más sencillo: se sustituye cada letra por un número siguiendo su orden natural. ¿Ves?

Y empezó a escribir en el suelo:

A	B	C	D	E	F	G	H	I	J	K	L	M	N
1	2	3	4	5	6	7	8	9	10	11	12	13	14

Ñ	O	P	Q	R	S	T	U	V	W	X	Y	Z
15	16	17	18	19	20	21	22	23	24	25	26	27

–Así que si, por ejemplo, lees algo parecido a esto... Y continuó escribiendo:

3	22	9	4	1	4	16
	5	20	21	1	20	
		5	14			
17	5	12	9	7	19	16

–¿Qué significa? –concluyó preguntándole a su invitado.

Virgilio empezó a sustituir letras por números, para descubrir el mensaje secreto.

–C...U...I...D...A...D...O..., E...S...T...Á...S... E...N...
–era fácil, no había ningún problema. Al final casi
le salía ya de carrerilla. Completó la última palabra–:
P...E...L...I...G...R...O... –y antes de que comprendiera
el significado del mensaje, miró orgulloso al alcalde
y preguntó–: ¿Qué tal?

–Muy bien –asintió el hombre.

–¿Y qué significa...?

Demasiado tarde.

–¡Aaaaah!

Virgilio había desaparecido de la superficie de la
tierra.

A su alrededor, todo era oscuridad.

Levantó la cabeza mientras se tocaba las doloridas
posaderas. Arriba estaba el agujero por el que acababa
de ser engullido. Se veía el círculo de luz. Se levantó
y, de puntillas, sacó la cabeza por él.

–¿Se puede saber qué pasa? ¿A qué viene esto? –rezongó enfadado sin entender nada.

El señor alcalde se estaba tronchando de risa.

–¡Oiga! ¡Sáqueme de aquí!

–Ya va, ya va... –apenas si podía contenerse–. Ha sido
muy bueno. ¡Fantástico!

–Y si me rompo la crisma, ¿qué?

–Aquí nadie se rompe nada, tranquilo.

Le dio una mano y tiró de él. Virgilio salió sin ningún problema del agujero.

–¿Por qué ha hecho esto? –preguntó, enfadado aún.

–Tenías que haber leído este letrero.

En efecto, había un letrero bastante significativo que
decía:

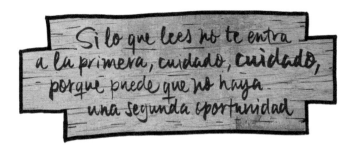

Si lo que lees no te entra a la primera, cuidado, cuidado, porque puede que no haya una segunda oportunidad

–No le veo la gracia –murmuró el chico.

El alcalde hacía esfuerzos para no volver a desternillarse.

–¿No te ha dicho tu profesora que la letra con sangre entra?

–No.

–Pues con sangre aquí tampoco, pero con un golpecito de vez en cuando...

Y estalló en risotadas tan contagiosas que hasta Virgilio acabó siendo arrastrado por ellas. Los dos se dejaron llevar por espacio de unos segundos, mientras reanudaban la marcha, hasta que el ataque de hilaridad menguó muchos pasos después.

–¿Cómo sabía que ahí había un agujero? –preguntó por último el afectado.

–Es una trampa «cazabobos». Los visitantes siempre caen.

–El día que venga usted de visita a mi mundo, ya verá, ya.

–Ya estoy en tu mundo, y tú en el mío, y los dos en ambos, porque es el mismo. Solo que cada cual está a un lado del espejo. Y hablando de espejos, ¿conoces *Alicia en el País de las Maravillas*?

–He visto la película.

–«He-visto-la-película», «He-visto-la-película» –repitió en tono de burla el alcalde–. ¡Parece mentira! ¡Un gran libro ha de leerse! ¡Si después se hace en cine y además «se ve», mejor que mejor, pero primero ha de leerse! ¿No ves que lo que quiso decir el autor jamás se mejora en una pantalla o en imágenes?

–Pues dicen que una imagen vale más que cien palabras.

–Eso lo pronunció algún fotógrafo o algún cineasta, o puede que incluso un pintor –refunfuñó desdeñosamente el alcalde.

–Así que creyendo que lo propio es lo mejor y lo ajeno lo inferior, ¿eh? –le dio un codazo el muchacho.

Esta vez le había pillado. El máximo dirigente del Mundo de las Letras se puso como la grana.

–No es eso –protestó–. Yo solo digo que nunca una película puede mejorar un libro, por buena que sea la película. Son dos artes distintas.

Virgilio parecía muy feliz.

–Hay muchas formas de caer en «agujeros» –manifestó orgulloso.

El señor alcalde volvió a reír.

–No está mal –asintió–. Parece que tus moléculas ya están empezando a funcionar. Aún recuerdo al pobre ignorante que llegó aquí hace una eternidad.

Hablaba en sentido figurado, pero desde luego Virgilio se sentía así, como si llevara allí mucho tiempo, sin comer, sin dormir, saltando de emoción en emoción.

Y aún le quedaban muchas.

Lo supo porque, de repente, la Ciudad de las Letras apareció ante él.

13

Entonces sí se quedó sin aliento.

Desde las alturas del Mirador, le había parecido extraordinaria, tanto como extravagante. Una amalgama de letras y más letras de todas las formas y tamaños, formando casas, barrios, plazas, avenidas. Pero de cerca, pudiendo ver los detalles, la impresión aún era más fuerte. De haber tenido que explicarlo, ni siquiera habría sabido cómo hacerlo.

¿De qué forma se puede describir un cuadro de Picasso, o de cualquier otro genio del arte?

La voz del alcalde flotó cerca de él.

–¿Qué te parece?

–Increíble –logró decir. Tenía la boca seca.

Había casas humildes hechas con letras humildes, y casas muy altas hechas con letras muy altas, y casas adosadas hechas con letras dobles, y casas redondas hechas con letras redondas, lo mismo que casas cuadradas con letras cuadradas. El colorido, por otra parte, hacía resaltar cada «construcción», o cada grupo de letras. Y si alucinante resultaba verlas, más lo era pasear entre ellas, verlas, tocarlas y sentirlas de cerca.

Virgilio miró al señor alcalde.

El hombrecillo caminaba a su lado radiante, por su ciudad y por él.

Era de esa clase de personas que es feliz si el que está a su lado también lo es.

Un tipo estupendo.

–¿Preparado para ver algo sublime?

¿Más?

–¿Qué es? –Virgilio miró a todos lados.

–Lo llamamos el Barrio Monumental –explicó el alcalde–, aunque en realidad se trata del Barrio Gótico. Como puedes imaginarte, es el más antiguo de la ciudad.

Caminaron apenas unos pocos pasos más. Doblaron una esquina y se encontraron con un letrero que lo anunciaba solemne:

Pero ya no hacía falta leerlo. Por encima de las últimas casas, asomaban ya impresionantes y altivas las agujas de las grandes iglesias, las torres y gárgolas, los muros y los campanarios, los arquitrabes y los frisos, las cúpulas y las estatuas.

Casi echó a correr.

Después, al salir del amparo de las casas circundantes, tuvo que levantar la cabeza para contemplar aquellas moles, deslumbrado, atenazado por tanta grandiosidad y esplendor. En su ciudad tenía una catedral, pero nunca se había dado cuenta de lo hermosa que pudiera ser. Como la veía tan a menudo... Y lo mismo el barrio viejo, o los edificios de otros tiempos.

Allí su sabor no tan solo era añejo.

Era solemne.

Estaba delante de la catedral de la B, con su dragón alado y una serpiente en la base. Parecía un barco con las velas hinchadas por el viento. Y a su lado, no menos impactante, la de la S, con un diablo tirando de ella:

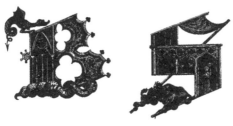

Virgilio no podía hablar, así que le costó hacerlo cuando el alcalde le preguntó:

–¿Qué tal?

–Demasiado –lo resumió en una palabra.

–Esta es mi favorita –se detuvo el preboste del Mundo de las Letras unos pasos más allá–. La catedral de la M.

Desde luego, era impactante. Pero a él le gustaban más las que tenían detalles fantásticos y mitológicos, como la E, la K, la Y o incluso la R.

—Esta es una gran ciudad, como puedes ver —susurró el alcalde junto a su oído.

—¡Jo! —fue su lacónica respuesta, envuelta en un suspiro.

Ya le dolía el cuello de tanto mirar hacia arriba.

—Y es solo el comienzo.

¿Qué más podía haber que fuese igual o mejor que aquello?

—¿Dónde vive usted?

—Oh, en todas partes, aquí y allá. Yo no tengo casa.

—¿Cómo que no tiene casa?

—¿Para qué la necesito? Estas son mis casas.

—¿No come ni duerme?

—No.

Lo dijo con toda naturalidad.

—¡Qué pasada! —comentó Virgilio.

—Más pasada me parece a mí que la gente duerma tantas horas, o se pase la tira de tiempo engullendo sin parar hasta reventar, aunque reconozco que, por lo que he leído, la comida ha de ser algo muy bueno, sí señor.

Y dormir también, sobre todo si se tienen sueños agradables y bonitos.

No podía creer que hubiese alguien, por diferente que resultase, que no...

Ya estaban saliendo del Barrio Monumental. Lo supo porque, además de que por allí ya no había más catedrales, las tres últimas formaban una singular palabra:

Iba a decirle al señor alcalde que quería volver, para echar un nuevo vistazo, cuando vio, unos pocos pasos más allá, algo que le robó el aliento final.

Se detuvo en seco.

–¿Y esto? –preguntó alarmado.

El alcalde miró en la misma dirección que él.

–¿Ah? ¿Eso? –no le dio mucha importancia–. Son letras diabólicas, como puedes ver.

En efecto, lo eran, y había muchas.

Un diablo paseando a su perro, unos diablos con un dragón, un diablo y la muerte jugando con otro diablo, una fantasía de dragones y diablos, una procesión demoníaca con diablos alados... Y de sus posiciones surgían letras: una A, una H, una M, una S, una W.

—¿Qué hacen aquí? —se extrañó Virgilio.

—Bueno, el mal siempre está donde está el bien, como un complemento. ¿Has oído hablar del yin y el yang?

Eso sí lo conocía. Tenía incluso una medallita que había regalado una revista de música con el símbolo del yin y el yang, blanco y negro.

—Sí —dijo, orgulloso de su sapiencia.

—Pues es lo mismo. Cerca de las catedrales, siempre rondan los diablos. Pero aquí, hasta ellos son buena gente. Cumplen su papel de alerta, y ya está, que para eso son lo que son. Si no te metes con ellas, las letras malignas no se meten contigo.

Siguieron caminando, dejando en un cruce de calles al grupo de diablos que parecían vivir tan tranquilos con sus cosas. Pero por culpa de ellos, ya no pensó en volver a echar un vistazo al Barrio Gótico.

Claro que, como iba de sorpresa en sorpresa, se olvidó de las inmensas catedrales casi inmediatamente.

—Será por razones sentimentales por lo que me veo identificado con las letras, los símbolos y las formas, pero ahora vas a ver mi rincón favorito —oyó decir a su guía.

Se aprestó para ver algo singular. Volvían a pasar junto a casas más bien normales, si es que allí algo era normal, porque las letras, cada una en su estilo, eran muy bonitas. Y había letras de todos los tiempos, de todas las edades, con todos los grafismos imaginables.

–¿Qué es? –mostró su impaciencia.

–En la siguiente esquina verás el rótulo –le anunció el alcalde.

Habría echado a correr, porque si algo no tenía era precisamente el don de la calma. Pero mantuvo el paso de su compañero. ¿A qué se refería con aquello de que «se sentía identificado»?

Lo comprendió al ver el rótulo:

–¿Un museo? –exclamó Virgilio.

–Es más que eso –expresó el alcalde con aquel exultante orgullo que mostraba de tanto en tanto–. Es la suma unión del alfabeto con la esencia del ser humano.

Virgilio volvió la cabeza para mirar el rótulo otra vez.

Personas formando letras. Letras humanas.

Y llegaron a una placita que, más que un museo, parecía un monumento.

–Nuestro museo –anunció el alcalde del Mundo de las Letras.

Si en el Zoológico los animales jugaban a crear letras, allí eran las personas las que lo hacían, pero mientras que en el Zoo se movían sin cesar, cambiando de formas, las letras del Museo eran estáticas, porque los seres humanos que las integraban eran estatuas.

Estatuas de mármol muy blanco.

Virgilio quiso verlas de cerca. Paseó entre ellas. Eran de tamaño natural, más o menos de su estatura, quizá un poco más altas algunas, ya que representaban a adultos. Su tacto era frío y cálido a la vez, frío de entrada porque se trataba de mármol, pero al instante la misma piedra transmitía un delicado calor. Las caras eran muy agradables, y los cuerpos estaban bellamente esculpidos. El Museo de las Letras destilaba solemnidad, pero también amor.

–¿Te gusta? –preguntó el alcalde.

–Mucho –reconoció él.

–Aquí tenemos muchos símbolos, como puedes ver. El Monumento a las Palabras Más Hermosas o este Museo son dos de los más significativos, aunque yo creo que todo lo que tiene que ver con las letras es fantástico. No hay nada mejor. Pensar que poniendo una letra detrás de otra se puede crear belleza... ¿No es demasiado?

Se lo preguntaba a él, que siempre había «odiado» leer.

Claro que ahora empezaba a ser distinto.

Ya no podría ver según qué letra sin recordar una catedral, un animal, una cometa o una escultura. Lo tenía todo grabado en su mente.

Virgilio tampoco supo cuánto tiempo pasó entre las estatuas, a pesar de que, según su anfitrión, allí no existía ese concepto. Pero una vez más, fue el hombrecillo del bombín negro, la levita roja y los pantalones verdes el que reclamó su atención para volver a ponerse en marcha.

–En marcha, señor boquiabierto.

–¿Yo?

–Sí, tú. A ver si resultará que llego tarde al concierto por primera vez en mi vida.

–¿Dónde está el auditorio?

–Cerca, pero como a cada paso te quedas alelado...

–Yo no me quedo alelado.

–¡No! ¡Si vieras la cara que pones!

A Virgilio le molestaba que se metieran con él. Bastantes complejos tenía ya, como cualquier chico o chica.

Iba a decirle que tendría cara de lo que fuera, pero que él, tan redondito y con aquella pinta...

No quiso ser grosero.

–Es que de camino al auditorio tenemos que pasar por el Barrio Noble –le informó el alcalde–, y seguro que vuelves a detenerte la tira.

–¿Por qué?

–Ya lo verás.

Salieron de la plaza del Museo y Virgilio contempló las estatuas por última vez, como hiciera antes con las catedrales.

–Cuénteme más cosas –le pidió a su anfitrión a los pocos pasos.

–¿Más cosas?

–Acertijos, adivinanzas...

–Te estás animando, ¿eh?

–Bueno –el chico se encogió de hombros.

–No; si me lo dices así, como si no te importara o fuera algo para pasar el rato mientras vamos de un lado a otro, paso de contarte nada.

–Está bien –se rindió–. Me interesa.

–Eso está mejor –apuntó el alcalde. Y sin esperar más le soltó–: ¿Qué es pequeño en Pontevedra y grande en Vigo?

Y por primera vez, puesto que siempre se trataba de letras, Virgilio, tras pensárselo un momento, respondió excitado:

–¡La V!

Y dejó al señor alcalde patidifuso.

MEDIA DOCENA DE ADIVINANZAS y acertijos después, el máximo dirigente del Mundo de las Letras estaba impresionado.

–Hay que ver lo que has ganado desde tu llegada.

–Aprendo rápido –se jactó Virgilio.

–¡Menos lobos, menos lobos! Una flor no hace primavera ni un día de calor verano. Ya veremos lo que haces cuando vuelvas.

¿Qué iba a hacer? No lo sabía.

Pero le gustaba aquello.

Ahora comprendía mejor todo lo relativo a las letras, y las palabras, y los libros...

El señor alcalde avanzaba ahora a buen paso, rumbo al auditorio. A pesar de ser bajito y rechoncho, se movía con bastante agilidad. Virgilio comprobó que su reloj siguiera parado.

–¿Por qué el tiempo no existe aquí? –quiso saber.

–No existe el tuyo, el de las semanas, los días, las horas y todo lo demás, pero sí existe el tiempo mental, ese reloj que todos llevamos dentro. Y no existe ese tiempo que se cuenta por segundos o minutos porque, aparte de que leyendo el tiempo se detiene, que es de lo que se trata aquí, no hay que olvidar que el mismo arte es intemporal. Cualquier creador nace, vive y muere, pero su obra queda. Esa es su grandeza.

–Debe de ser estupendo ser eterno –dijo Virgilio.

–Nada es eterno –pareció detenerse un momento el alcalde–. Pero mientras exista vida y el ser humano perpetúe su legado, lo verdadero, lo auténtico, quedará.

Volvieron a andar.

–Oiga, eso del reloj que todos llevamos dentro... es verdad, ¿sabe? –aseguró Virgilio–. Mi reloj es mi estómago. Cuando tengo hambre, ruge que no vea.

–¡Qué vulgar eres! –se rio su compañero–. Aunque al menos eres simpático. Aparece por aquí cada energúmeno... Bueno, ya estamos llegando.

–¿Al auditorio?

–No, al Barrio Noble, que nos viene de camino. ¿Preparado?

Iba a decirle que sí, pero una vez más la realidad le desbordó.

Una docena de pasos más allá, atravesaron una puerta de madera al final de una avenida muy arbolada. Y tras la puerta, la magnificencia del barrio más elegante, pomposo, señorial y egregio del Mundo de las Letras se alzó ante ellos.

Virgilio creía que ya no podría asombrarse por nada. Se equivocó.

–¡Atiza! –exclamó contemplando aquella fastuosidad.

–Impresionan, ¿verdad?

–Sí –fue categórico Virgilio.

–Esto es la *creme de la creme*, que en francés significa «la crema de la crema». O sea, pura *jet set*.

–Los pijos.

–Hombre, no seas basto, que no es eso.

–No me imaginaba que aquí también había clases.

–No es que haya clases, pero sí es cierto que hay letras muy simples, de palo seco, y otras, como estas, bastante... –buscó la palabra adecuada–. Bastante regias. La nobleza es algo importante, y más si se lleva bien. Estas letras son otro de nuestros orgullos. Son únicas.

Lo eran. Exquisitamente únicas.

Probablemente fueron creadas en el pasado por orfebres de la escritura, tal vez por dibujantes o pintores, tal vez por monjes dedicados a la literatura en sus monasterios o por editores singulares que buscaban dejar un legado de belleza para generaciones futuras. Y lo habían logrado. Allí estaban todas. El Barrio Noble era como un gran palacio de letras elevadas a la enésima potencia de la creatividad.

–El auditorio está aquí al lado –dijo el alcalde, que en ningún momento había dejado de caminar.

Virgilio y él pasaban por debajo de las monumentales letras, aunque no eran tan grandes como las que formaban las catedrales. El muchacho miraba a derecha e izquierda, arriba y abajo. Los detalles eran tan relevantes como los estilos, las prodigiosas curvas o las estilizadas rectas. Cada adorno, unos floridos, otros lineales, otros semejando una explosión de ingenio, confería a las letras una personalidad aún más propia.

De pronto, Virgilio se quedó boquiabierto.

Tres figuras desconocidas por él estaban plantadas en mitad de la avenida, tan curiosas como extrañas, tan raras que...

Se detuvo a contemplarlas.

–¡Ahí va! ¿Qué es eso?

–Son letras invitadas –le aclaró el alcalde–. La primera es china; la del medio, griega, y la última, árabe. Bonitas, ¿no?

–Sí, pero... ¿qué hacen aquí?

–Oh, tenemos intercambios culturales con otras lenguas y otras formas expresivas –dijo el hombrecillo–. Así aprendemos todos no solo a conocernos, sino a respetarnos. El Libro también está editado en todos los idiomas del mundo, porque en todas partes hay chicos y chicas que no leen y que, como tú, además, odian leer.

–Yo ya no odio leer –quiso dejarlo claro.

–Bueno, pero aún quedan bastantes que sí, no te hagas ahora el digno –puntualizó el alcalde–. ¿Qué te estaba diciendo? Ah, sí. Te decía que para nosotros estas letras son tan raras como puede serlo nuestra Ñ para ellos, ya que no se utiliza más que en español.

Dejaron atrás las «letras invitadas». Lo del intercambio cultural sonaba a verano, jóvenes de un país que se iban a otro y vivían con familias autóctonas para aprender el idioma. El Mundo de las Letras en realidad se parecía bastante al mundo exterior.

Exterior. La palabra le hizo recordar que él también era un invitado allí.

Virgilio se dio cuenta de que no quería volver. Se lo estaba pasando en grande. Y si el tiempo se había detenido mientras leía El Libro...

—Ahí está el auditorio —indicó el alcalde.

Miró al frente. Era una especie de media concha marina que ya se perfilaba entre los árboles, puesto que se hallaba en mitad de otra zona boscosa. A medida que pudo verlo mejor, comprendió que ellos, el señor alcalde y él, iban a ser los únicos espectadores del concierto. Delante del escenario, frente al centro de la media concha, solo había dos sillas.

—¿No va a venir nadie más? —vaciló Virgilio.

—No es necesario. El concierto de nuestra gran orquesta es una vibración que las letras de nuestro mundo perciben sin necesidad de estar aquí todas. La música es, junto con la literatura, la forma de comunicación humana más bella. Además de la propia voz, claro.

—Pero la música se entiende en cualquier parte, mientras que las lenguas, como son tantas...

—Eso sí es cierto —convino el alcalde—. Ven, vamos a sentarnos. Hemos llegado temprano.

Ocuparon las dos sillas frente al auditorio, pero no guardaron silencio. Su anfitrión recordó que tenía pendiente algo más.

—Mientras esperamos, te voy a hablar de los palíndromos y los bifrontes.

—¿Qué es eso? —se preparó Virgilio, expectante.

155

–Para comenzar, un palíndromo es una palabra o frase que puede leerse por los dos lados y en ambos casos dice lo mismo.

–No.

–Sí.

–Eso es imposible, o a lo mejor, por casualidad, hay una o dos.

–Te equivocas –sonrió determinante el alcalde–. Hay bastantes, y en todos los idiomas, aunque, tranquilo, no voy a ponerte ejemplos en ruso o en chino. Mira.

Y escribió en el suelo:

«Dábale arroz a la zorra el abad».

–Esta es la más conocida en español. Léela del revés.

–Da...ba...le arroz a... la zorra... el... ¡Ahí va, es verdad, dice lo mismo por los dos lados!

–Eso es un palíndromo –justificó el alcalde.

–¿Y dice que hay muchas frases así?

–Bastantes, sí. Incluso hay escritores, como Julio Cortázar, James Joyce, Maiakowski o Swift, que utilizaron palíndromos en algunas de sus obras.

–Están locos –dijo convencido Virgilio.

–Pues es una sana locura. ¿No te parece divertido?

–Sí. La verdad es que sí.

–Pues ya está.

–Espere, ¿no va a decirme más pal... palín...?

–Palíndromos –apuntó el alcalde despacio–. ¿Pero no dices que están locos?

–Sí, pero es muy divertido.

–Vaya, celebro que te lo parezca. Está bien –y de nuevo empezó a escribir en el suelo, a toda velocidad, una larga serie de frases–. Apréndete alguna. Verás como «flipan» tus amigos. Se dice así, ¿no?

Virgilio empezó a leer aquellas frases tan curiosas, primero de izquierda a derecha, y después de derecha a izquierda. Algunas eran muy simples, otras complicadas, y las más, como juegos de palabras enrevesados. Pero no fallaba ni una. Todas eran reversibles:

Dábale arroz a la zorra el abad.
Sé verle del revés.
Azar todo traza.
Ese bello sol le bese.
De cera pareced.
Ana mis ojos imana.
A su mal no calla con la musa.
Onán es enano.
Amo la pacífica paloma.
O dolor o lodo.
Amigo, no gima.
Anula la luz azul a la luna.
Odio la luz azul al oído.
El bulo voluble.
La col local.
Nota épica: nací peatón.
Sé brutal o no la turbes.
A ser gitana tigresa.
Adán no cede con Eva y Yavé no cede con nada.
Se van sus naves.
Arde ya la yedra.
Aire solo sería.
Yo soy ateo, poeta yo soy.
Amad a la dama.

Somos o no somos.

No maree, Ramón.

Se van aires o serían aves.

Oiré la voz noble del bonzo Valerio.

¿Es pacífica?... Pse.

Roza las alas al azor.

Saetas ateas.

Amar, ¿dará honor a varón o hará drama?

Sometamos o matemos.

Ana vana.

Damas, oíd a Dios: amad.

A ti no, bonita.

Ajos, yodo y soja.

Se es o no se es.

Obeso, lo sé, solo sebo.

Átale, demoníaco Caín, o me delata.

Somos laicos, Adán, nada social somos.

Onís es asesino.

Ácida saeta al abad anonadaba la atea sádica.

Ávida dádiva.

Allí por la tropa portado, traído a ese paraje de maniobras, una tipa como capitán usar boina me dejara, pese a odiar toda tropa, por tal ropilla.

–Oiga, esta última es genial –exclamó Virgilio.

–Tiene su gracia, sí.

–¿Sabe más?

–¿Qué quieres, que te haga un diccionario de palíndromos?

En los ojos de Virgilio leyó que sí, que le encantaría.

–Bueno, como parece que tienes interés –concedió el alcalde–, te voy a poner un par de silábicos.

–¿Silábicos? –repitió el muchacho.

–En lugar de leer letra a letra, has de leer sílaba a sílaba.

–¿También hay de esos?

–Míralo tú mismo.

Y escribió en el suelo:

La temática es que escatima tela.
A Rita, Manel mataría.
El brigada que se queda: Gabriel.

A Virgilio todo aquello le parecía como una revelación. Se preguntó si la señorita Esperanza conocería lo de los palíndromos. ¡Por qué no se estudiaban cosas así en Lengua y Literatura en lugar de lo de siempre! ¡Lo que fardaría con aquellas cosas! Hacía esfuerzos por aprendérselos de memoria.

–Lo curioso –dijo el alcalde–, es que cada día manejamos palíndromos mucho más sencillos, formados por una sola palabra, ya que hay cientos de palabras que se leen igual del derecho que del revés. O nombres.

–¡Ana es un palíndromo! –gritó Virgilio.

–Muy bien –aceptó su inesperado maestro de curiosidades.

¡Cuando le dijera a Ana que era palindrómica...! ¡Cómo se iba a poner! ¡De primeras, creería que la estaba insultando, y se iría llorando a ver a su madre!

Buscó más. Un montón de palabras le vinieron a la mente.

–¡Ata, asa, dad, ojo, oso, somos... y las letras, como efe, ese, eme y...!

–Vale, vale –le detuvo el alcalde–. Ya veo que te has convertido en un experto en el tema.

–¿Cuántas palabras hay que puedan leerse por los dos lados?

–En español, más de mil. Y algunas más largas que las que tienen simplemente tres letras: acurruca, anilina, rebeber, sometemos, sopapos, orejero...

–Todo esto sí que es chulo –admitió Virgilio.

–Ah, ¿lo otro no?

–Sí, lo de los crucigramas y las sopas de letras también, pero eso... Me encanta. Y lo de los bi... bifor... bueno, lo que sea, ¿qué es?

–Bifrontes.

–Eso –se dispuso a escucharle con atención.

Pero cuando el alcalde iba a hablar, por la puerta que comunicaba el auditorio con la parte posterior empezó a notarse movimiento. Así que eso puso fin a la conversación palindrómica y cortó la bifrontina, fuera lo que fuera eso.

–Mira, ya están aquí los músicos –advirtió feliz su anfitrión.

–Luego me lo cuenta, ¿eh? –quiso dejarlo claro Virgilio.

–Tranquilo.

Y centraron su atención en el auditorio.

COMENZARON A LLEGAR LOS MÚSICOS, en efecto, solo que, como era de esperar, se trataba de letras. Letras-instrumento. Cada una tenía la forma de un instrumento musical y era peculiarmente adaptable a él. Apareció primero un saxo-S, y después una flauta-I seguida de una hermosa lira-U.

–Hoy veremos un buen concierto –se puso muy alegre el señor alcalde–. Ese saxo-S es verdaderamente estupendo.

–Querrá decir que oiremos –le rectificó Virgilio.

–No. Veremos –insistió el hombrecillo.

–La música no se ve, se escucha.

–Eso será en otra parte. Ya te he dicho antes que no se trataba de que fuese un concierto clásico ni *rockero* ni de ningún género en concreto. Esto es algo más que música. Las letras son universales, como ella. Todos llevamos la armonía impresa como una huella indeleble en nuestra mente y en nuestros corazones. Es un pálpito, un latido, una emoción, un sentimiento –los ojos del alcalde eran muy dulces, y sus palabras estaban cargadas de evocaciones románticas–. No necesitas oír la música que tocan esas letras-instrumento, porque te basta con verlas y... sentirla aquí –le puso un dedo en la frente– y aquí –lo trasladó para apoyarlo en el pecho, sobre su corazón. Luego, con mayor énfasis, agregó–: Sé libre, Virgilio, ¡sé libre! Déjate llevar. Tú míralas a ellas, pero escucha lo que está en ti. Es tu propia energía la que va a crear la música de tu espíritu.

Parecía de locos, pero miró a la orquesta. Los músicos iban aumentando. Había un tambor-O, un corno inglés-C, un platillo-T, un arpa-D, un piano-P, una pandereta... O sea, que no se trataba de una orquesta normal y corriente, con una sección de cuerda, otra de percusión, otra de viento... Aquella era la orquesta más informal que jamás hubiese visto. Todos ocupaban sus posiciones formando una media luna que seguía el perfil del auditorio. Cuando el último de los músicos hubo hecho acto de presencia, el silencio se hizo absoluto.

Y de pronto...

Virgilio tuvo un estremecimiento.

Oía la música, ¡la oía!

Los miraba a ellos, a los músicos, a las letras-instrumento, y por la más sorprendente de las razones imaginables, esa simple visión le transmitía toda la fuerza del más extraordinario de los sonidos. Su cuerpo era como un inmenso altavoz.

¡Y lo sentía, en lo más profundo de su ser!

Silencio exterior. Estruendo armónico interior.

Quiso mirar al señor alcalde, pero en cuanto apartó los ojos de la orquesta, la música cesó. Así que rápidamente volvió a centrar toda su atención, sus cinco sentidos, en aquella envolvente catarsis que fluía del escenario. Lo más extraño era que las letras no se movían... ¿o sí? Las teclas del piano subían y bajaban, y las cuerdas del arpa vibraban, los platillos de la batería se estremecían.

¿Y cómo definir lo que oía en su interior o, como decía el alcalde, lo que veía?

Era la música de las músicas, y sonaba como era él. Tenía algo de sinfonía, mucho de *rock*, parte de *tecno*, gotas de *pop*... Un estallido con el poder de todas las esencias capaces de fusionarse en unas notas. Había *jazz, blues, heavy, rap, rhythm & blues, dance, hip-hop, country, reggae, rock and roll, gospel, barroco* y cien, mil más. Todo estaba allí.

Música con ángel.

Ni se atrevió a parpadear. Ya no. Un simple parpadeo podía provocar una desconexión, por breve que fuese, y una interrupción de aquel fluido magnético. Porque además era también eso, un fluido. Igual que estar en el mar, haciendo pie cerca de la orilla, con las olas moviéndose con suave persistencia de un lado a otro.

Virgilio se dejó arrastrar por aquel éxtasis.

Un tema. Otro. Un tercero. Otro más. Un quinto.

Ni siquiera tenían dimensión, o tiempo. A veces daban la impresión de ser muy cortos en su extensión, y otras, muy largos en su brevedad. Parecían de chicle. Se alargaban y encogían. Más que nunca comprendió que el factor «tiempo» allí fuese una simple paradoja. Lo que importaba era la paz, estar y sentirse bien, la capacidad de ver y entender los sentimientos y las razones que los motivaban. Virgilio creía que era un chico «bastante duro», que solo lloraba cuando se hacía daño o cuando un mayor la emprendía a golpes con él. Y descubrió que de duro nada, que tenía ganas de llorar.

¡Llorar de felicidad!

Atravesado de parte a parte por aquella vibración.

Casi ni podía entenderlo, pero era cierto.

Tragó saliva y dominó aquellas emociones que amenazaban con desarbolarle. Pero a través de aquellas lágrimas contenidas, detenidas al borde de sus pupilas, la música cobró una nueva dimensión. Se hizo de colores.

Las gotitas de humedad actuaban como prismas, fraccionando el invisible sonido como si se tratara de un Arco Iris celestial.

La música se hizo celestial.

Ya no cortó la caída de aquellas dos lágrimas.

Rojo, verde, amarillo, añil, naranja, azul...

Y el concierto se hizo sublime.

Así hasta que, un segundo después, un minuto después, una hora después, poco o mucho después, terminó.

Virgilio ni se movió de la silla. El alcalde sí.

–¡Bravo! –exclamó poniéndose en pie y aplaudiendo–. ¡Muy bueno! ¡Soberbio!

Las letras-instrumento se acercaron al borde del escenario. Desde allí saludaron inclinándose levemente. Virgilio logró reaccionar secundando a su compañero. Él mostró su entusiasmo siguiendo cánones más juveniles: silbó y gritó.

–¡Uh, uh, uuuuh!

–Vaya, parece que te ha gustado –le dijo el alcalde.

–¿Gustarme? ¡Ha sido demasiado! –y volvió a gritar–: ¡Uh, uh, uuuuh!

Aplaudieron bastante rato, hasta que las letras se retiraron y el auditorio quedó vacío. Virgilio se resistía a marcharse.

–¿Cómo, no hay bis?

–Ha sido más largo que de costumbre, en tu honor.

–¿Ah, sí?

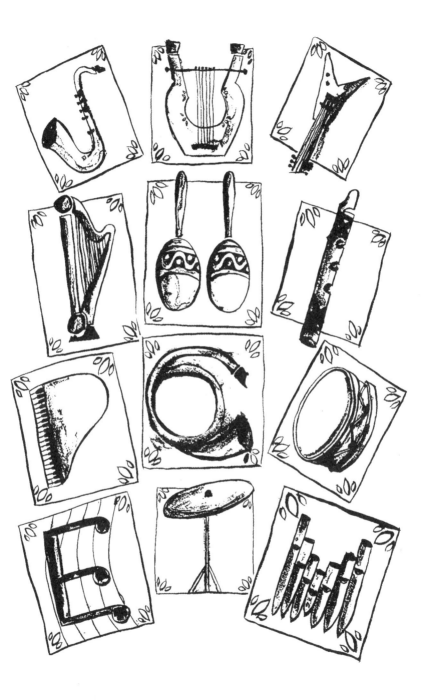

–Claro. Los músicos también saben cuando el público participa. Lo notan en la cara del espectador, y en esa invisible conexión que se establece entre los de arriba y los de abajo. Y ellos han notado que, sobre todo tú, que eras el nuevo, estabas encandilado. Por eso ha sido un gran concierto.

–¿Qué ha oído... qué ha visto usted?

–Música.

–Ya, pero ¿qué tipo?

–¿Cómo puede explicarse un sentimiento?

–Sí, claro, yo tampoco sabría hacerlo –convino él.

–Si te digo que leer produce la misma sensación, ¿me dirás que me aprovecho de la situación para hacer proselitismo? –dijo el alcalde.

–Yo creo que es distinto.

–No, no lo es. Cada libro pertenece a un género, como la música, y cada uno tiene su ritmo y su calidad sonora, que en este caso es interior, nace y se desarrolla dentro del lector. Por lo tanto, los libros son canciones, conciertos, sinfonías, y tienen su propia cadencia. No es distinto, Virgilio, y tú ya has empezado a entenderlo así, aunque aún te resistas o no lo creas. Cuando lees un libro, lo que sientes es tuyo, personal, intransferible. Esa es la esencia del arte, pero también representa uno de los máximos placeres de la vida: la individualidad del sentimiento propio.

Había sentido cosas muy gratificantes leyendo la novela del escritor.

Virgilio bajó la cabeza, impresionado.

–¿Cómo sonaban tan bien? –preguntó.

–Todo tiene su música en la vida y, por lo tanto, cada letra también posee la suya –le refirió su compañero–.

Mira, la Zzzzzzzzeta es veloz, la Emmmmmmme cadenciosa, la Pe es rápida, la Hache original, la Ele muy alegre, la Jota no digamos, la Errrrrrrrre vibrante, la Essssssssse sibilina, la Effffffffe gaseosa, la Ka contundente, la Equissss misteriosa, y así todas las demás.

Sin apenas darse cuenta, habían salido ya del auditorio. Virgilio observó que no regresaban a la ciudad propiamente dicha, sino que caminaban rodeándola, siguiendo un camino de circunvalación, aunque se veían edificios al frente. Estaba tan impaciente por ver más cosas que no pudo contenerse.

–¿Adónde me lleva ahora?

–Tranquilo –el alcalde se echó a reír–. Relájate, hombre.

–Ya, ya.

Pero no estaba nada relajado. Bueno, en parte sí, por el concierto, pero por otro lado quería…

Su sangre corría como impulsada por un turborreactor en su cuerpo.

Apareció un inesperado letrero a un lado del camino.

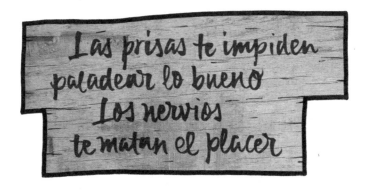

Las prisas te impiden
paladear lo bueno
Los nervios
te matan el placer

–Ya me había olvidado de los letreritos –sonrió.

–Están por todas partes, sí –reconoció el alcalde–, y resultan un poco petulantes, pero... algunos tienen razón.

En un claro del bosque había un montón de cuerdas que jugaban entre sí, como culebras saltando en el aire y retorciéndose sobre sí mismas. Virgilio creyó primero que trataban de hacerse nudos, pero luego descubrió que no era así, que lo que en realidad trenzaban, con todo arte, eran... letras.

Siempre letras.

–Siempre están así, a ver quién hace la letra más complicada con una simple cuerdecita. Se retuercen, se retuercen, y si no acaban hechas un nudo, se lo pasan en grande –le explicó el señor alcalde.

–Son muy originales –opinó él.

–Desde luego, aquí originalidad sobra.

–¿Y de dónde han salido todas esas cuerdas?

–Cada vez que alguien regala un libro, en la librería se lo envuelven con papel bonito y un lazo. El papel lo guardan, o lo usan para otro regalo, o lo reciclan, pero los lazos y las cuerdecitas van a parar aquí.

–¡No me diga!

–Aquí todo se utiliza, chico.

El primer edificio que apareció ante ellos tenía forma de H y una cruz roja grabada en la parte superior. Virgilio se detuvo, y al ver que el máximo dirigente del Mundo de las Letras seguía caminando, dispuesto a pasar de largo, le hizo parar.

–¡Eh, oiga! ¿Qué es esto?

–El hospital.

–¿Tienen hospital?

–A veces hay que reparar letras que se estropean, o a las que se les cae un cachito. No hay nada perfecto, y aquí tenemos problemas como en todas partes. ¡Pues claro que tenemos hospital, mira tú! Aunque, por lo general, aquí es paciente crónica la única letra del abecedario que siempre está de psiquiatra.

–¿Cuál?

–La Hache.

–¿Por qué?

El señor alcalde emitió un prolongado suspiro. Desanduvo lo andado, llegó hasta él, le cogió de la mano y le acompañó hasta la ventana más próxima. A través de ella, Virgilio vio algo asombroso: un montón de haches en varias camas. No tenían aspecto de enfermas, pero...

–¿Qué les pasa? –murmuró Virgilio con voz triste.

–Dicen que son mudas, que no cuentan para nada, que la gente las ignora o las aspira.

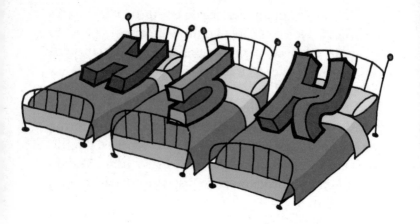

La verdad es que a él, cada vez que escribía, las dichosas haches le tenían amargada la existencia. Lo mismo que los acentos.

–Pero no es igual decir «eco» que «echo», ni «hecha» que «echa» –se sorprendió a sí mismo defendiendo a las haches.

–Ya lo sé, y ellas también. Sin embargo, ya ves.

En otro momento se hubiese sentido vengativo. Ya que las haches le provocaban tantos problemas, era justo que también los tuviesen ellas. Ahora, en cambio, se sintió apenado. Solidario.

–Yo las aborrecía –confesó.

–Lo imagino. Eso también las afecta –aseguró el hombrecillo.

–Y no digamos los acentos. ¿También ellos están tristes?

–Los acentos no son letras, sino signos de puntuación, y los signos están todos locos. A los puntos, las comas, los dos puntos, el punto y coma, los guiones, las diéresis, los signos de admiración o los de interrogación, y no digamos los acentos, que son los que están peor, les encanta saltar de un lado a otro e incordiarlo todo. En cambio, para una vocal, un acento es un símbolo de distinción, porque la hace sonar más fuerte, o sea, más elegante. La realza. Digamos que sería... como un sombrero, ¿entiendes?

Nunca lo habría imaginado así.

Y tenía gracia.

–Me fijaré más en los signos de puntuación cuando escriba –prometió.

–Hazlo. Además de no leer, la mayoría de vosotros y de vosotras escribe fatal.

Era verdad. ¿Para qué discutir?

–Como no leéis, no sabéis escribir, y viceversa. Es el pez que se muerde la cola –le pinchó el alcalde.

Virgilio pensó en Tomás, que había escrito «había» sin hache y «café» sin acento en su último examen.

–¿Nos vamos? –propuso tras echar un vistazo final a las haches tristes.

–Será lo mejor.

Volvieron al camino y dejaron el hospital atrás. El siguiente foco de interés quedaba apenas a unos cien pasos. No preguntó nada para no precipitarse, pero a medida que apreció más las letras que formaban el conjunto, su asombro reapareció.

Aquellas letras... le recordaban algo.

Algo de su pasado, de su niñez más temprana.

Y como si el señor alcalde le leyera el pensamiento una vez más, él mismo se lo aclaró diciendo:

–Esto es el Jardín de Infancia.

16

LAS LETRAS DEL JARDÍN DE INFANCIA eran enormes, grandotas, vistosas y de muchos colores, y cada una tenía escrito debajo algo que empezaba por esa inicial.

–¿Por qué tenéis un Jardín de Infancia? –se extrañó Virgilio.

–Para primeros lectores, naturalmente.

–Pero si aquí no hay niños.

–Y los que vienen de fuera, como tú, ¿qué? –se cruzó de brazos el rechoncho caballero, con lo cual pareció aún más rechoncho–. Esto se anima mucho cuando llegan los párvulos. Ellos también son reacios a leer cuando no hay «dibujitos». ¡Qué manía tienen con los dibujitos! ¡Como si por el hecho de tener dibujos un libro tuviera menos letras!

–Yo también creía que si en un libro había más dibujos, con las mismas páginas el texto sería más corto –se rio Virgilio reconociéndolo.

–¡Pues hay que ser acémila!

–Vale, no se enfade.

–No, si no me enfado.

–Sí que se enfada. ¿No ha pensado que si todo el mundo leyera cantidad y les gustara y... bueno, todo

eso, usted no tendría trabajo, ni a lo peor este libro existiría porque no sería necesario?

El señor alcalde abrió unos ojos como platos.

–No –dijo.

–Pues ya ve.

Estaba seguro de que le había dado algo en que pensar y se alegró. El preboste del Mundo de las Letras caminó un buen número de pasos mirando el suelo. Virgilio se concentró en buscar su siguiente rincón, escenario, barrio o lo que fuera que apareciese por allí, con ganas de seguir sorprendiéndose con algo insólito.

Pero ahora no se veía nada. Caminaban en dirección al lago. Se veían algunas barcas a lo lejos, aunque no pudo precisar si también eran letras con forma de embarcaciones o no. Al pasar por otro pequeño mirador, este sin barandilla protectora, se encontró con lo que parecía ser... un tablón de anuncios.

–¿Y eso?

–¿Qué? –levantó la cabeza el aún preocupado alcalde.

–Este tablón de anuncios –señaló Virgilio.

–Ah, sí. Es el estado actual del desgaste o uso de letras.

Virgilio no entendió nada.

Miró el tablón. Había un listado:

1 – A
2 – E
3 – O
4 – N - L - R - S - I
5 – S - T

–¿Qué significa? –insistió.

–Pues que en estos momentos la A es la letra más usada, seguida de la E y la O. Luego hay cinco más o menos en el mismo estado, sin diferencias apreciables, ahora gana una ahora gana otra, y en quinto lugar, otras dos letras empatadas. Hablamos del español, claro. En inglés me parece que la más usada es la E.

–¿Alguien se dedica a contar las letras de los libros?

–Pues claro. Hay que hacer estadística.

–Menuda tontería.

–¿Ya estamos otra vez así? –el alcalde se puso en jarras–. ¿Todo lo que no te parece útil es una tontería?

–No –Virgilio se puso rojo–, pero...

–¿Quieres saber el número de letras que hay en algunos textos, para que lo compruebes tú mismo?

–Sí –aceptó.

–De acuerdo. Tomemos, por ejemplo... el *Quijote*. Y de él, su párrafo inicial, el más famoso.

Y como era su costumbre, escribió a un lado del tablón de anuncios y a la velocidad de un rayo todo el largo texto:

En un lugar de la Mancha, de cuyo nombre no quiero acordarme, no ha mucho tiempo que vivía un hidalgo de los de lanza en astillero, adarga antigua, rocín flaco y galgo corredor. Una olla de algo más vaca que carnero, salpicón las más noches, duelos y quebrantos los sábados, lentejas los viernes, y algún palomino de añadidura los domingos, consumían las tres partes de su hacienda. El resto della concluían sayo de velarte, calzas de velludo para las fiestas, con sus pantuflos de lo mesmo, y los días de entre semana se honraba con su vellorí de lo mas fino. Tenía en su casa un ama que pasaba de los cuarenta, y una sobrina que no llegaba a los veinte, y un mozo de campo y plaza, que así ensillaba el rocín como tomaba la podadera. Frisaba la edad de nuestro hidalgo con los cincuenta años; era de complexión recia, seco de carnes, enjuto de rostro, gran madrugador y amigo de la caza. Quieren decir que tenía el sobrenombre de Quijada, o Quesada, que en esto hay alguna diferencia en los autores que deste caso escriben; aunque por conjeturas verosímiles se deja entender que se llamaba Quejana. Pero eso importa poco a nuestro cuento; basta que en la narración dél no se salga un punto de la verdad.

–Y ahora, para saber cuántas letras hay de cada, solo tenemos que irlas eliminando a medida que las pronunciemos –continuó el alcalde. Y agregó–: A.

Todas las aes del texto desaparecieron como por arte de magia. En el tablón de anuncios, arriba a la derecha, había una calculadora que inmediatamente se puso en funcionamiento. Una campanita indicaba cuando el recuento estaba hecho.

–¿Ves? –dijo el alcalde.

Un minuto después, el cálculo estaba completo y era el siguiente:

A–133	E–118	I–43	M–26	P–16	T–31	X–1
B–15	F– 6	J– 6	N–73	Q–17	U–51	Y–10
C–39	G–16	K– -	Ñ–2	R–54	V–10	Z–5
D–51	H–9	L–61	O–91	S–30	W– -	

Virgilio se sentía casi más impresionado por las habilidades grafológicas del señor alcalde, capaz de escribir lo que fuera a la velocidad de la luz, y ahora por el tablón de anuncios, que borraba automáticamente las letras a medida que las contaba, que por la estadística de las letras más usadas, aunque reconoció que nunca había pensado en cuál usaba más y cuál menos.

–De todas formas, no hay reglas fijas. De repente, puedes coger un texto en el que haya cambios sustanciales. Imaginémonos ese bello soneto de Lope de Vega extraído de *La niña de plata.*

Y escribió:

Un soneto me manda hacer Violante,
que en mi vida me he visto en tanto aprieto;
catorce versos dicen que es soneto,
burla burlando van los tres delante.

Yo pensé que no hallara consonante
y estoy a la mitad de otro cuarteto,
mas si me veo en el primer terceto,
no hay cosa en los cuartetos que me espante.

Por el primer terceto voy entrando,
y parece que entré con pie derecho,
pues fin con este verso le voy dando.

Ya estoy en el segundo y aún sospecho
que voy los trece versos acabando;
contad si son catorce y ya está hecho.

El resultado en esta oportunidad dio como ganadora absoluta a la E, muy por encima de la A.

A–37	E–69	I–13	M–10	P–10	T–31	X– -
B–3	F–1	J– -	N–34	Q–6	U–14	Y–13
C–21	G–1	K– -	Ñ– -	R–26	V–11	Z– -
D–14	H–8	L–14	O–48	S–30	W– -	

–A lo mejor es porque hace años se usaban más otras letras –dijo Virgilio.

–Bien pensado. El castellano antiguo era muy diferente del actual, sí señor, pero el *Quijote* y *La niña de plata* son más o menos de la misma época, siglo más, siglo menos.

—Me gustaría saber las letras que tenía un cuento que me leía mi tío Arcadio cuando yo era más pequeño. Me gustaba mucho.

—¿Cuál era ese cuento? —se interesó el alcalde.

—No creo que lo conozca.

—Tú dímelo.

—«La gota de lluvia que tenía vértigo».

—¿Te vale con el primer fragmento para establecer la proporción? —sonrió con intención su compañero.

Y ante el pasmo de Virgilio, escribió el arranque del cuento en el tablón.

Las nubes, negras y amenazadoras, se asomaron por encima de las más altas montañas. El valle las vio llegar y la hierba y sus flores se estremecieron de alegría.

Porque las nubes podían ser negras y amenazadoras, pero en realidad eran muy buenas. Daban un poco de sombra si hacía calor, y sobre todo, traían la lluvia, que era la vida.

Cuando las nubes avanzaron, el cielo azul fue engullido por ellas. El Sol, altivo, las vio pasar por debajo, irritado.

—Vaya, ya están ahí esas pesadas tapándome.

El sol y las nubes siempre andaban como el perro y el gato.

—¿Dónde estará mi amigo el viento? —se preguntó el Sol. Pero el viento debía de estar en otra parte, molestando a otras nubes. Así que aquellas cubrieron el valle sin ningún problema.

Y en un segundo, el primer trueno anunció la tormenta.

Tras la operación, el resultado fue parecido al primero. Dominio de la A sobre la E, aunque no con rotundidad. La O se mantenía en tercer lugar seguida de un compacto bloque con la L, la N, la R, la S...

A–92	E–79	I–31	M–18	P–17	T–22	X– -
B–15	F–2	J–1	N–45	Q–4	U–25	Y–11
C–10	G–10	K– -	Ñ–1	R–45	V–11	Z–4
D–23	H–3	L–49	O–53	S–51	W– -	

Era divertido, aunque ya estaba bien. Sonaba un poco como a matemáticas.

Cuando reanudaron el paseo, Virgilio ya no se contuvo.

–¿Adónde vamos?

Temió que fuera a aparecer uno de aquellos letreros que soltaban frases solemnes tipo «Ya lo verás» o «Quien mucho pregunta pierde el resuello», pero en esta oportunidad no sucedió nada.

–Eres un buen chico, así que quiero mostrarte algo –le informó el señor alcalde.

–Ya me lo está enseñando todo, ¿no?

–Hay cosas que son privadas, y que me reservo, pero tú estás siendo un visitante muy bueno. Positivo, diría yo.

Virgilio se sintió halagado.

–¿Y qué es? –insistió.

Ahora sí apareció, primero, un letrero.

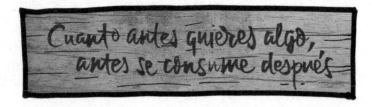

Y después, un segundo.

–¡Jo! –protestó Virgilio–. ¿Es que aquí no puede preguntarse nada?

El alcalde se reía de nuevo a mandíbula batiente.

–Ven, ya estamos cerca –le pasó de nuevo su amigable brazo por encima de los hombros–. Aquí no estamos acostumbrados a las prisas, y los visitantes a veces necesitan que se les recuerde que la vida es demasiado hermosa para perderla con ellas.

–Yo no tengo ninguna prisa, solo preguntaba...

–Es allí –le interrumpió su anfitrión.

Era una cabañita pequeña, muy pequeña, destartalada, y además de verdad, o sea, cuatro paredes y un techo de adobe. No tenía forma de letra.

–¿Quién vive ahí?

–Es mi taller.

–¿Su taller? ¿Pero no es el alcalde?

–Sí, ¿y qué? Todo el mundo tiene algún pasatiempo, eso que llaman *hobby*. Yo no soy menos.

–¿Qué hace, pinta barquitos, construye torres y puentes con palillos, colecciona minerales?

El hombrecillo lo miró con una ceja arqueada, por si captaba en él mala intención o ironía, pero Virgilio era

181

sincero. Tres de sus muchos tíos y tías tenían esas aficiones.

–Pronto lo verás –fue su lacónica respuesta.

Cubrieron la breve distancia que los separaba de la cabaña y, una vez en la puerta, su dueño la abrió y le permitió el paso en primer lugar, de forma cortés. Nada más entrar, el muchacho comprendió cuál era el pasatiempo de su amigo. Creaba letras.

¿Acaso podría tratarse de otra cosa?

Había una gran mesa de madera llena de papeles, cartoncillos, hojas especiales en textura y tamaño, lápices, gomas, escuadras, cartabones, compases, rotuladores y un largo etcétera. Nada de ordenadores ni técnicas modernas. Puro grafismo a la antigua. Por las paredes colgaban un montón de pruebas y de ideas, anotaciones y proyectos.

–Ahora estoy trabajando en un alfabeto basado en las proporciones del ser humano –le informó orgulloso el alcalde–. ¿Ves?

Cogió tres dibujos, más bien bocetos, bastante grandes, y se los enseñó.

–Partiendo de este concepto –continuó el innovador diseñador–, voy dando forma a todo un alfabeto.

Y fue mostrándole distintas pruebas:

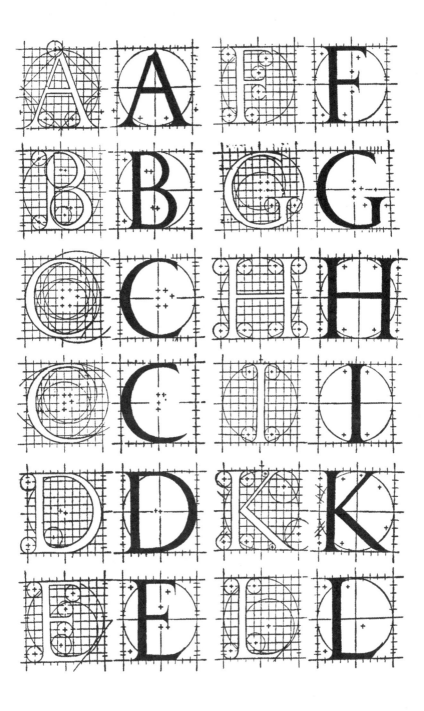

Eran muy bonitas porque contenían precisamente lo que acababa de decirle el señor alcalde: la esencia de las proporciones humanas. Virgilio miró los bocetos uno a uno.

–¿Ha hecho muchos alfabetos? –preguntó.

–Bastantes, sí.

–¿Dónde están?

–Bueno... no los tengo aquí. Una vez terminados, ya no me pertenecen. Son de todo el mundo, de la humanidad entera, de quien quiera utilizarlos, de los escritores y editores, los periodistas o... incluso tuyos. Es como tener un pájaro maravilloso en una jaula. En fin, da igual que sea maravilloso o no. Como si es feo, feísimo. Tiene alas y necesita su libertad. Las letras son como pájaros: han de volar, vivir, llevar a todo el mundo su voz y su esencia.

–Es usted un poeta –dijo Virgilio con admiración.

–Y tú, un buen chico –le puso una mano en la mejilla el señor alcalde antes de suspirar y concluir con un levemente triste–: Bueno, pues eso es todo.

Virgilio no lo entendió.

–Sí, claro. Si no tiene más letras...

–No, no me refiero a esto –abarcó su taller con las manos–. Quiero decir que es todo, que se ha terminado.

¿Cómo?

No se atrevió a decirlo con palabras.

–Es hora de que regreses, amigo mío –anunció su anfitrión.

No podía ser verdad, era una broma.

¡Si acababa de llegar!

¿O no?

–Pe... pe... pero... –se puso a tartamudear.

–Te ha gustado, ¿verdad?

–¡Sí! –reconoció sin ambages.

–Soy feliz por oírte, y más por ver tu cara.

–Oiga, no se enrolle –Virgilio defendió con énfasis su derecho a seguir allí–. Si el tiempo no pasa, puedo quedarme un poco más y ver... no sé, ¡algo habrá, digo yo!

–No puedes quedarte aquí eternamente –dijo el alcalde.

–Ya sé que no, pero... esto es muy grande, ¡y apenas he visto nada!

–Ya te he dicho antes que esto era infinito, cierto. Sin embargo, has visto lo esencial. Y lo que es mejor: lo has comprendido. Ahora, cada vez que abras un libro, recordarás esto. Todo está en ellos. Cuanto has visto y sentido aquí, lo verás y sentirás en los otros libros. Algunos no te gustarán, es natural, y no los terminarás de leer, y otros te apasionarán y hasta te los leerás dos veces.

Pero es lo mismo. ¿Aún no has entendido que El Libro es todos los libros?

Lo entendía. Se daba cuenta de ello. Pero se resistió.

–Oiga, me da igual que aparezca uno de los letreros diciendo eso de que «lo bueno, si breve, dos veces bueno», que por cierto me parece una tontería, ¿vale? Solo le pido... algo más. ¡Solo una cosa más, porfa... digo, por favor!

–Caramba –el alcalde parpadeó, abrumado por tanta vehemencia–. Mira que eres insistente, ¿eh?

–Mi madre dice que soy más pesado que una vaca en brazos.

–Ya, ya.

–Venga, hombre, sea bueno.

–Es que...

–Me he portado bien, ¿no?

–Primero estabas un poco incómodo –le recordó el alcalde–, y todo te parecía aburrido, pesado... y no digamos cuando lo de los acertijos y...

–Es que no pillaba ni uno, pero ahora soy un experto.

–¡Oh, sí, el más grande experto del mundo!

–Venga, no se ría.

El alcalde le contempló de hito en hito. Su sonrisa era la más dulce de cuantas había mostrado durante su mutua compañía. Parecía dispuesto a ceder.

–Le juro que antes de que acabe el curso me leeré un libro por semana, y en verano dos. Dos por semana –aseguró Virgilio.

–Si hago esto, no es para que me prometas nada. No quiero que suene a chantaje. Has de leer lo que quieras y sientas, si es uno a la semana, uno, y si son dos, dos, y si no es ninguno, ninguno. No se trata de pactar con el diablo.

–Entonces, ¿me lleva a ver algo más?

–Hay un lugar muy muy muy especial, pero no sé si...

–¡Venga ya, hombre!

–Es que ellos son muy... quisquillosos, y más con las visitas.

–¿Quiénes?

–Ellos.

–¿Los libros?

–No, los genios.

–¿Qué genios?

–Los que han escrito los libros.

–¿Quiere decir...? –Virgilio abrió unos ojos como platos.

–Sí, están aquí –le confirmó el alcalde–. ¿Dónde si no?

–¿Todos?

–Por supuesto. Al morir es como si volvieran a casa. Residen allí, a orillas del lago, en el Palacio de los Sueños.

–El Palacio de los Sueños –suspiró Virgilio, impresionado.

–Date cuenta de que, por ser genios, son un poco raros, pero más lo son porque algunos resultan muy cascarrabias, otros muy juerguistas, otros... En fin, solo les falta contarse sus batallitas. Se ponen... Además, ellos sí son picajosos. Cuando se juntan uno del siglo x, por ejemplo, con otro del siglo xx, y hablan de sus respectivas sociedades... Aquello parece un gallinero.

–Pues sí que están divertidos.

–Caramba, has de entenderlo. En vida escribieron las páginas más inmortales de la literatura, y ahora...

–¿Ya no escriben?

–¡Se pasan el día escribiendo sin parar, menudos son! –manifestó el alcalde–. Pero su único público son ellos mismos, y como a ególatras no los gana nadie... –volvió a dejar la frase sin terminar–. Vamos, que cada uno se pasa el día persiguiendo a los demás para que lean lo que ha escrito. Y no paran.

–Seguro que es muy interesante –dijo Virgilio–. Trata de asustarme para que no vaya.

–¿De veras quieres conocerlos?

–Sí.

–Mira que son los «palizas» que han hecho los libros que te obligan a leer y que tanto has odiado –le pinchó el dignatario del Mundo de las Letras.

–Eso era antes.

–Mucho te has metamorfoseado tú.

–Lléveme.

No quería irse, así que le importaba poco ir a ver el Palacio de los Sueños u otra cosa. Lo que más deseaba era seguir allí. Aunque poder echarle un vistazo a los grandes escritores de la Historia... tenía su miga, seguro. Y le serviría para aprobar Lengua y Literatura, aunque su profesora, la señorita Esperanza, jamás se creería que había conocido a...

–¿Está Cervantes?

–Sí.

–¡Ahí va!

El mismísimo autor del *Quijote*, que siempre le había parecido un tochazo insoportable.

Al menos, antes.

–¿Vamos? –tiró del rechoncho brazo de su compañero.

–¡Menuda joya eres! –se rindió él.

–¡Bien!

–Te llevo, pero despúes te vas.

–De acuerdo.

–Virgilio...

–Palabra de honor –se llevó los dedos índice y medio de su mano derecha al corazón.

Echaron a andar. La distancia daba la impresión de ser bastante importante, aunque luego resultase que todo se cubría en un abrir y cerrar de ojos. Virgilio se dispuso a disfrutar de su último paseo. No quería ni saber cómo regresaría.

No le importaba.

Recordó algo de repente.

–¡Eh, antes me ha contado lo de los palíndromos, pero no lo de los bi... bif...!

–Bifrontes –asintió el alcalde.

–Eso, los bifrontes. ¿Qué son?

–Pues si un palíndromo es una palabra o frase que se lee igual del derecho que del revés, un bifronte es una palabra que se puede leer por los dos lados... pero en ambos casos su significado es distinto. Y como ya eres un experto en juegos de palabras, te dejo que digas unas pocas.

–¿Yo?

–Vamos, piensa –le invitó su compañero.

Virgilio pensó.

Estaba seguro de que fracasaría. Una cosa era oírselo decir o contar al señor alcalde y otra muy distinta hacerlo él. Además, en su vida había oído la palabreja: bifronte.

¿Se leían dos cosas distintas según se hacía de izquierda a derecha o de derecha a izquierda? Eso era...

La luz se hizo en su mente.

–¡Arroz! –casi gritó entusiasmado.

–Muy bien –asintió orgulloso su amigo–. Arroz y zorra.

–Y... ¡Roma y amor!

–¿Ves como es fácil?

Se puso a pensar en más palabras. Le costaba, pero durante los siguientes quince o veinte pasos encontró tres más:

–Eva y ave... Adán y nada... Azar y raza...

–Virgilio –le palmeó la espalda el alcalde–, eres todo un erudito. A este paso acabarás siendo escritor y sentado en la Real Academia de la Lengua. Y solo en un ratito, ya ves.

–¿Cuántas de esas palabras hay?

–Bastantes. Te voy a escribir unas pocas, seleccionadas, ¿te parece?

–Sí, por favor.

–Luego tú, si te animas, buscas más.

–Vale.

En su interés por todo aquello, Virgilio no se dio cuenta del brillo de los ojos del alcalde. Más y más orgullo sazonaba la intensidad de su mirada.

Aunque tampoco él se reconocía ya.

¡Pidiéndole palabras raras a un estrafalario hombrecillo rechoncho, después de ver un mundo extraordinario, y a punto de conocer a los escritores que tanto había odiado antes!

Una vez más, tras detenerse en mitad del camino, el alcalde trazó en el suelo a la velocidad de la luz un sinfín de términos habituales, pero que de pronto se convertían en especiales.

Abad - Daba	Dual - Laúd	Ralos - Solar
Acata - Ataca	Ebro - Orbe	Ramo - Omar
Acude - Educa	Eres - Seré	Ranas - Sanar
Adarga - Agrada	Eso - Ose	Rapaz - Zapar
Ágil - Liga	Etna - Ante	Raro - Orar
Agotarás - Saratoga	Laicos - Social	Rasa - Asar
Ajero - Oreja	Las - Sal	Raso - Osar
Alas - Sala	León - Noel	Ratón - Notar
Álava - Avala	Liar - Raíl	Res - ser
Amar - Rama	Los - Sol	Reté - Éter
Anal - Lana	Más - Sam	Retemos - Someter
Animal - Lámina	Nabos - Soban	Robas - Sabor
Anita - Atina	Natas - Satán	Rodajas - Sajador
Aparta - Atrapa	Nivela - Alevín	Rodamina - Animador
Arar - Rara	Notar - Ratón	Rodear - Raedor
Asarás - Sarasa	Obús - Subo	Rodio - Oidor
Asile - Elisa	Ocas - Saco	Roza - Azor
Asir - Risa	Odiar - Raído	Sacra - Arcas
Asís - Sisa	Odio - Oído	Sacro - Orcas
Atar - Rata	Óigole - Elogio	Sal - Las
Ateas - Saeta	Oír - Río	Saluda - Adulas
Ates - Seta	Oirá - Ario	Sama - Amas
Atinar - Ranita	Ora - Aro	Sapo - Opas
Atinele - Elenita	Orar - Raro	Sarta - Atrás
Atineles - Selenita	Osar - Raso	Satinen - Nenitas
Atlas - Salta	Oses - Seso	Sellar - Ralles
Atrapa - Aparta	Raja - Ajar	Senén - Nenes
Aval - Lava	Ralas - Salar	Suez - Zeus

–¡Qué pasada! –exclamó Virgilio sin poder leerlas todas.

–Y ya te he dicho que solo te pondría una selección de las normales, aquellas más o menos comprensibles. También habría podido escribirlas al revés, o sea, la que está ahora en segundo lugar primero y la primera tras el guion. Va en gustos.

Dejaron atrás la lista de palabras bifrontes. Una delicada brisa se encargó de borrarlas después de que dieran ellos unos pocos pasos, como si allí todo se regenerara a sí mismo, sin permitir que nada ensuciara un camino, aunque fuera un conjunto de letras en un mundo de letras.

Todavía quedaba un poquito más hasta el Palacio de los Sueños, que ya se perfilaba en la distancia. Más que un palacio, lo que parecía era un inmenso y suntuoso hotel repartido entre un edificio principal y varios bungalós, o sea, cabañas. Pero se veían muchos jardines, un embarcadero para que los genios pasearan en barca, y hasta había un globo fijado en el suelo pero muy visible gracias a sus colores vistosos.

–¿Puedo ir en globo?

–No.

–¿Por qué?

–Los privilegios hay que ganarlos. ¿Crees que puedes llegar aquí y hacerlo todo?

–A los invitados se les suele tratar bien –protestó Virgilio.

–Te recuerdo que estás aquí porque no leías. Más que invitarte, se te ha permitido ver que aquello que tanto odiabas es en realidad una gozada. Ir en globo no entra en el programa.

Quería discutirlo, pero temió que el señor alcalde acabara la visita sin darle la oportunidad de entrar en el Palacio de los Sueños. Después de todo lo que había pasado, de todo lo que había visto y de cómo se sentía, aquella oportunidad se le antojaba muy importante. Única.

Aunque desde aquella distancia, ya próxima, en el Palacio de los Sueños no se veía a nadie.

–¿Hay alguien? –dudó.

–Sí, estarán discutiendo algo, o durmiendo la siesta, o viendo la tele, o navegando por Internet. Si el globo y la mayoría de las barcas están amarrados, es que andan por ahí. No te preocupes. Aunque tampoco vas a conocerlos a todos. Son miles. Y muchos ni salen de sus habitaciones, mientras que otros tal vez estén de viaje, en homenajes y congresos.

Virgilio se había quedado con lo de que los grandes escritores veían la tele y navegaban por Internet.

–¿Que ven la tele y...? –apenas si se lo pudo creer.

–¿Pero tú qué te crees? –bufó el alcalde–. Para los clásicos de siglos pasados, esas cosas son una revolución. Ellos no las tenían. Y para los escritores contemporáneos, conocer a los clásicos griegos o a los autores del Renacimiento es igualmente una oportunidad maravillosa. Ya te he dicho antes que la televisión es un invento genial y muy útil si sabes verla, lo mismo que viajar por Internet a la caza del saber, porque no todo el mundo lo utiliza para eso. Te sorprendería ver lo que le fascina a Homero la realidad virtual. Se mete él mismo en su obra cumbre, la *Ilíada*, y se lo pasa bomba. Y no digamos lo mucho que le gusta a Hemingway ver las películas que han hecho de sus libros. Podría contarte mil anécdotas.

Iba a pedirle que se las contara, que quería oírlas, pero ya estaban llegando. Y además, aunque las conociera, ¿acaso podría contarlas él? Nadie le creería cuando regresara. Como no consiguiera arrastrar a todo el cole hasta la biblioteca...

Tomás no iba a entrar ni atado. El muy burro.

Si supiera.

—Ahora vas a conocer el lema del Palacio de los Sueños —dijo el alcalde ya casi en la entrada.

Virgilio se imaginó que sería algo relacionado con leer, con los libros, con la cultura en general. Algo así como una de las frases solemnes que aparecían de tanto en tanto en los recodos de aquellos caminos que cruzaban el Mundo de las Letras.

Se equivocó.

En la entrada, en un inmenso felpudo, leyó una simple palabra:

VICTORIA

—Victoria —dijo él.

—Con un libro, ganas siempre. Por eso ellos escogieron este lema.

—Me gusta. Es una de mis palabras favoritas porque su inicial es una V, como la de mi nombre.

—Mírala bien —le pidió el señor alcalde.

–Ya la veo.

–Ahora entremos.

Pasaron por encima de la palabra escrita en grandes y hermosas letras en el felpudo. Y cuando estuvieron del otro lado, su compañero le hizo volver la cabeza.

–Léelo ahora.

Virgilio, una vez más, y ya iban muchas, se quedó boquiabierto.

¡Decía exactamente lo mismo!

–¿Cómo es posible?

Pensó que por alguna razón mágica, el felpudo se daba la vuelta o, mejor dicho, la que giraba sobre sí misma era la palabra, para que cualquiera viera lo mismo la leyera por donde la leyera.

–No solo hay palabras reversibles, palíndromos o bifrontes –sonrió el alcalde–. También puedes hacer maravillas tú mismo, escribiendo, inventado letras, curiosidades como esta.

¡Era cierto! ¡Por los dos lados se veía y se leía lo mismo: Victoria!

–Bueno –suspiró su acompañante–, bienvenido al Palacio de los Sueños. Ahora... a comportarte.

Su madre...

volvió la cabeza asustado.

—¡Señor alcalde!

—¿Qué pasa ahora?...

—Hay un céntimo, y... es un séptimo...

—Es bueno de desear suerte y ya te estás yendo, ¿seguro que has aprendido algo aquí?

—Es que esto es muy difícil —protestó Virgilio, asustado.

—¡Virgilio! —exclamó el hombrecillo abriendo los brazos—. ¡Piensa, hombre, piensa!...

Lo intentó, pero lo único que sabía ahora era que el tiempo transcurría deprisa. Aunque se quedara allí, algo le decía que no resultaba imposible, y afuera pasaban los minutos tan rápido como allí dentro. Su madre empezaría a creer que le había sucedido algo, y él...

—¿Qué pasa si no lo resuelvo? —quiso saber.

—Pues que te quedarás —dijo el alcalde—. Pero ya lo verás como basta ahora. Será distinto.

—¿Cómo de distinto?

—Distinto...

Se echó a temblar...

Intentó, y si pasaba la página sin más, ¿qué?

Lo intentó, cogió la página y trató de llevarla al otro lado.

No pudo.

Era como si estuviera clavada, o como si pesara una tonelada, o... Imposible.

—¡No puedo moverla!

—¿Qué esperabas? La última página de un libro, la página más importante, la que contiene el desenlace...

18

Dentro del Palacio de los Sueños todo era muy distinto, y no solo por la decoración, una mezcla de estilos de todos los tiempos, todas las épocas, todas las edades de la cultura y todos los siglos, sino también por el mismo aire que se respiraba.

Era como si allí las letras y las palabras, aunque invisibles, flotaran en el ambiente, y cuando Virgilio respirara, penetrasen suavemente en su interior. Jamás se había sentido tan lleno, tan inspirado, tan... ¿rico?

Se habría puesto a escribir allí mismo.

–Me siento raro –dijo.

Y sus palabras aparecieron escritas en el aire una leve, levísima fracción de segundo.

Después se desvanecieron.

–¿Qué... ha sido eso? –exhaló.

–Has penetrado en otra dimensión, muchacho. Ya te dije que esto era especial. Espero que lo resistas.

–Mis palabras... –allí estaban de nuevo–. ¡Puedo verlas y leerlas!

–No las lees, pero las sientes tanto y de una forma tan fuerte, que casi puedes tocarlas. Aquí todo emerge de uno y cobra forma, porque un libro es la suma forma del pensamiento de su autor. ¿Acaso no hay personajes de obras inmortales que se han hecho más populares casi que sus creadores? Eso es lo que ocurre con tu aliento, tu esencia, tu energía. Aquí late el genio de los genios.

–¡Qué pasada!

El señor alcalde se echó a reír.

–El otro día dijo eso mismo un autor ruso después de ver una película por televisión. ¡Le encantaba la expresión! ¡Se pasó horas repitiéndola!

–Hola, hola, hooola –se puso a jugar con su voz y lo que decía Virgilio.

Allí volvían. Como pompas de jabón. Aparecían y casi al instante... ¡pfff!, se desvanecían dejando un millón de puntitos luminosos. Puro vapor.

–Aún no has visto lo mejor –se le acercó su compañero.

–¿Qué?

–Di un nombre.

–Tomás.

–De un escritor –le rectificó paciente el alcalde.

–¿Muerto?

–Hombre, claro. Si aún vive, no está aquí.

–Pues... –se lo pensó un momentito. No era lo que se dice un conocedor de la literatura. Finalmente, recordó los cuentos de su niñez y el nombre de quienes hicieron o recopilaron la mayoría. Lo lanzó al aire–: Grimm.

Se quedó pasmado al ver el efecto.

El nombre de ambos hermanos sonó ya muy distinto al pronunciarlo él, pero encima, al flotar en el aire con aquel color, aquella luminosidad y, sobre todo, aquellos caracteres...

–Grimm –repitió Virgilio.

–Cada nombre aparece con letras diferentes –le informó el señor alcalde–. Son suyas para siempre.

–¿Como cuando a un jugador de baloncesto le retiran la camiseta con su número?

–Podría decirse así –se rio él.

Virgilio hizo memoria y soltó varios nombres de golpe.

–Cervantes, Lope de Vega, Quevedo...

Fascinante.

–Hemingway, Chejov, Goethe, Andersen –le ayudó su compañero.

–Goya.

No pasó nada.

–Goya era pintor –el alcalde plegó los labios, disgustado por la incultura del chico.

–Algo escribiría, ¿no? Una carta o algo así.

–No me seas burro o nos vamos –le previno.

Se calló. Y lamentó, más que nunca, no saber más nombres de escritores. Decirlos allí era precioso.

–Dígalos usted, venga –pidió ansioso.

–Cállate, que viene alguien. Y recuerda que si no se dirigen a ti, tú no debes molestarlos, ¿conforme?

Se encontraban en un amplio vestíbulo muy iluminado del cual partían varios pasillos. Por uno de ellos aparecieron dos personajes vestidos de forma singular, uno porque iba de piloto de aviación de la Segunda Guerra Mundial, y otro porque parecía extraído de un libro de aventuras. Pasaron cerca de ellos hablando animadamente.

–No hay nada como sobrevolar el desierto al atardecer. Es fascinante –decía el piloto.

–Pues yo pienso que el Polo Norte es mucho más intenso –decía el aventurero.

Se alejaron por otro pasillo.

–Son Saint-Exupéry y Jack London –le susurró el alcalde a Virgilio–. El primero escribió *El principito*, y el segundo, excepcionales libros de aventuras.

Virgilio no tuvo tiempo de hablar. Entre ver las letras y los nombres escritos en el aire, quedarse pasmado de nuevo y oír un ruido, se le pasó la oportunidad. Por otro pasillo avanzaban tres escritores más. Estos vestían más normal, aunque trasnochados, como si fueran de unos años antes.

–Fíjate –volvió a susurrarle el alcalde–. Son Antonio Machado, Federico García Lorca y Miguel Hernández, la cumbre de la poesía española del siglo xx. Siempre van juntos.

Había oído sus nombres, pero nunca había leído nada de ellos. Se arrepintió. Se arrepintió mucho. De haber conocido algo de sus obras, ahora tal vez estarían contándole historias, como había hecho el escritor en la escuela.

–Ven, vamos –le hizo una señal el hombrecillo.

Echaron a andar. Atravesaron pasillos y dependencias, jardines y salas, miradores y terrazas. De vez en cuando, el alcalde le señalaba un personaje por alguna razón.

–Ese es Juan Ramón Jiménez, el que escribió *Platero y yo*. Aquel de allá es Lewis Carroll, el autor de *Alicia en el País de las Maravillas*. Ese del insecto en la solapa es Kafka, un tipo bastante retorcido que escribió la historia de uno que se despertaba y se había convertido en un insecto. El del rincón se llama Alejandro Dumas y a él se debe *Los tres mosqueteros*. El que lleva un cuervo en el hombro es el inquietante Edgar Allan Poe, que ha puesto los pelos de punta a miles de chicos y chicas con sus relatos. Y ese que viene por ahí es ni más ni menos que Julio Verne, el mayor visionario de la literatura.

Virgilio ya no se atrevió a decirle al señor alcalde que no había leído nada de Verne, claro, pero que las películas de sus libros sí las había visto todas.

Durante aquel paseo vio a personajes de los que no había oído hablar nunca, pero que al parecer eran la clave de la historia de la literatura, o miembros esenciales de ella: Ernest Hemingway, Balzac, Dostoievski, Brecht, Borges, Steinbeck, Shelley, Byron, Cortázar, Wilde, Hesse, La Fontaine y, como no, los «antiguos», clásicos como Esopo, Virgilio, Platón o Sócrates.

–Mira, Agatha Christie, la escritora policiaca.

Parecía una abuelita como cualquier otra.

–Este es Charles Dickens, el hombre que mejor retrató su tiempo y la sociedad en la que le tocó vivir. Era todo sensibilidad y humanidad.

Tenía cara de buena persona.

–Allí están jugando a las cartas Verdaguer, Unamuno, Pío Baroja y Blasco Ibáñez.

Todos tenían sus propias letras en la historia. Aunque solo pensara en ellos, sin pronunciar el nombre en voz alta, veía esos caracteres especiales en su mente. Una policromía fantástica hecha de vigorosos trazos.

–¿Recuerdas el soneto que te he escrito antes, el de «Violante»?

–Sí.

–Pues ahí tienes a su autor: Lope de Vega.

Estaba detrás de una mesita, escribiendo con una pluma de cisne, y tenía a ambos lados un montón de cuartillas. Unas en blanco y otras ya llenas de letras. Parecía una ametralladora.

–Para escribir en verso, no está mal, ¿verdad? –rio el alcalde.

–¿No para nunca?

–No. En vida dejó hechas mil quinientas obras. Y lleva muerto cantidad de tiempo, así que imagínate lo que ha hecho aquí. Como siga así, habrá que buscarle otro alojamiento para él solo.

–¿No podría llevarme algo?

–¿Estás loco? –le reprochó su compañero–. De aquí no puede salir nada. Es imposible.

–Usted me ha dado un crucigrama –le recordó.

–Es distinto. Yo soy real, pero ellos están aquí en espíritu, aunque parezcan tan vivos como yo.

Continuó dándole nombres y más nombres. Lo más extraño era verlos y oírlos. Las conversaciones entre personajes que habían vivido con siglos de diferencia eran totales. Y no digamos cuando metió la cabeza por la sala de juegos y vio jugando al billar a dos hombres ataviados como si estuvieran en una corte palaciega de doscientos o trescientos años antes, o cuando vio a otro, típico de la Edad Media más o menos, sentado delante de un videojuego haciendo una carrera de coches. Habría querido hablar con todos. Preguntarles cosas.

–Cuidado –dijo de pronto el alcalde.

Demasiado tarde. Intentó apartarle, pero no pudo. El escritor que tenían delante, y que se había parado para mirar fijamente a Virgilio, le observaba con curiosidad. Al muchacho le sonó vagamente, como si le conociera o hubiera visto alguna foto, aunque por su vestimenta dedujo que de foto nada, porque en su tiempo no había fotografías. ¿Un dibujo tal vez?

Su brazo izquierdo permanecía inmóvil.

Cuando Virgilio comprendió, se puso a temblar.

–Vaya, vaya, vaya –pronunció con grave voz engolada el aparecido–. ¿Qué tenemos aquí?

–Un invitado, señor –le informó el alcalde.

–¿Cómo te llamas, hijo?

–Virgilio.

–Vaya, vaya, vaya –repitió el manco. Y le soltó inesperadamente–: ¿Habrás leído el *Quijote*?

Virgilio se estremeció. Lo sabía.

Era don Miguel de Cervantes Saavedra.

Miró al alcalde, acorralado.

Y aunque quiso decir una mentira para quedar bien, no hubo conexión entre su mente y su voz. Una dijo «Sí», pero la otra dijo «No». Y lo que sonó fue el «No» de su voz.

–No.

El insigne escritor se tambaleó como si le hubieran dado un puñetazo.

–¿QUÉ? –balbuceó–. ¿CÓMO ES POSIBLE?

Tampoco era para tanto. Virgilio se sintió incómodo.

–Pues ya ve, señor.

–¿Eres español?

–Sí.

–¡Un español que no ha leído el *Quijote*! –lo dijo en voz alta, como si quisiera que todo el mundo se acercara y mirara a Virgilio igual que si fuese un bicho raro.

Virgilio no se dejó arredrar. No le dio la gana. Tampoco era un crimen.

–En mi clase, nadie lo ha leído –dijo combativo.

Cervantes tuvo que apoyarse en la pared.

–¡No!

–Sí.

–¿Pero... pero tú en qué siglo vives?

–Vamos, vamos, don Miguel –intervino el alcalde al ver que iba a darle un soponcio al ilustrísimo autor–. No se ponga así, porque no es más que un niño. Y por eso está aquí. Para aprender. Ya me gustaría saber a mí lo que había leído usted a su edad.

–¡Yo leía mucho! –tronó la voz del Manco de Lepanto.

–Seguro que el *Quijote* no –dijo Virgilio.

–No, claro –parpadeó Cervantes.

–¿Lo ve?

–Bueno, es que... aún no lo había escrito.

–Pero no lo leyó.

–No, claro –parpadeó de nuevo.

El alcalde aprovechó el desconcierto del escritor para ayudar un poco más a Virgilio.

–Tampoco ha leído a Shakespeare.

–¡Faltaría más! –se enfureció inesperadamente Cervantes–. Ese inglés de las narices...

El alcalde se acercó al oído de Virgilio aprovechando el súbito arranque de ira del escritor.

. –Tienen un pique... –susurró–. Con eso de que son los más universales y tal...

–¡Lo único que hizo fue escribir eso de «ser o no ser», nada más! ¡Y no le han dado bombo ni nada! –continuaba dando voces el autor del *Quijote*–. ¡Porque lo demás, eso de *Romeo y Julieta*, *Otelo* o *El rey Lear*, no eran más que culebrones!

Elevó su rostro al cielo, como si pidiera una explicación que justificara tamaño despropósito, y acabó suspirando resignado aunque digno. El alcalde aprovechó el momento.

–Bueno, don Miguel, que hemos de irnos –empezó a despedirse.

Cervantes dirigió una acerada mirada en dirección a Virgilio.

–¿Qué edad tienes? –quiso saber.

–Doce.

–Lee, Virgilio –le dijo solemne.

–Sí, señor.

–Es una de las pocas cosas que nos diferencia de los animales irracionales –insistió.

–Sí, señor.

Cervantes, ya más calmado, le puso la mano derecha en la cabeza. Era una mano fría, muy fría, pero suave al mismo tiempo. Una mano de piel apergaminada, con largos dedos. Los ojos del escritor ya no destilaban furias, sino ternuras.

–Desde luego, si en mi tiempo hubiera habido fútbol, yo también habría leído un poco menos, ¡pero solo un poco! –reconoció–. ¡Me encanta ese deporte!

Virgilio abrió tanto la boca que casi se le cayó la mandíbula.

–Ha sido un placer verle de nuevo, don Miguel –se despidió el alcalde.

–Id con Dios –hizo lo propio el escritor.

–Adiós –dijo Virgilio.

Uno continuó caminando. Los otros dos le observaron mientras se alejaba.

–Es un caso –sonrió el máximo dirigente del Mundo de las Letras.

–Es total –asintió Virgilio.

–Y lo de Shakespeare y él... –el alcalde agitó su mano derecha sin acabar la frase–. Pero son buena gente. Cada cual tiene sus rarezas. Todos tenemos rarezas. Y ellos más. Han vivido mil vidas, la suya y las de sus personajes. Son diferentes y especiales. Son artistas.

Había en su voz un deje de sana envidia y admiración.

–En fin, creo que más o menos ya lo has visto todo –dijo inesperadamente.

Virgilio se alarmó.

–¿Todo?

–Sí.

–¿Y el lago?

–Virgilio...

–Vale, vale.

Llegaba la hora. El momento. Ya no había más excusas. Habían recorrido el Palacio de los Sueños, habían visto a decenas, centenares de autores inmortales, y se encontraban en unos jardines, entre el palacio y el lago. Virgilio pensó que a lo mejor tenían que seguir caminando un buen rato antes de llegar a la salida.

La salida.

¿Cómo salía uno de algo tan raro?

–Estamos cerca –dijo el alcalde.

–¿Cerca?

–Sí, es aquí mismo.

Se sintió perdido. Todavía hizo un último intento por prolongar un poco más su estancia en el Mundo de las Letras.

–Yo sé un juego –aventuró.

–Ya lo imagino.

–Un juego con letras.

–¿Tú? –el alcalde le observó, incrédulo.

–Se llama «el ahorcado».

–Ah, sí, ya lo conozco.

–¿Por qué no jugamos?

–¿Ahora?

–Si gano, me quedo un poco más. Si pierdo, me voy.

–Virgilio...

–No se atreve, ¿eh? –le pinchó.

El señor alcalde se cruzó de brazos y acentuó el tono irónico de su sonrisa.

–De acuerdo, pero yo pongo la palabra y tú vas diciendo las letras –aceptó.

Virgilio habría preferido que fuese al revés, pero... algo era algo.

–Pondrá una palabra muy enrevesada, seguro.

–Será normal. Palabra de honor.

–Vale.

El alcalde escribió en el suelo:

L _ _ _ _ _ _ _ _

–Ya puedes empezar. Y recuerda que son siete fallos: cadalso, poste vertical, poste horizontal, traviesa, cuerda, nudo y... ahorcado.

–La A.

El alcalde puso una A.

L _ _ A _ _ _ _ _ _

–La E.
No había ninguna E. El alcalde dibujó el cadalso.

L _ _ A _ _ _ _ _ _

–La I –dijo Virgilio.
Había una I.

L I _ A _ _ _ _ _ _

–La O.
Había dos.

L I _ A _ _ _ O _ O

–La U.
Ninguna U. Al cadalso se unió el poste vertical.

L I _ A _ _ _ O _ O

Virgilio hizo memoria. Ya había dicho las cinco vocales. ¿Cuáles eran las letras más usadas, según el tablón de anuncios? Sí... Eran la S, la N, la M, la R... ¿Cuáles más?

–La S.

Al poste vertical se unió el poste horizontal.

L I _ A _ _ _ O _ O

Tres fallos. Tenía que ir con cuidado.

–La N.

Acertó. Había una N. El alcalde la colocó en su sitio.

L I _ A N _ _ O _ O

Pero la palabra seguía sin estar clara.

–La M.

Fallo. Ninguna M. Ya tenía la traviesa que sostenía el palo horizontal al vertical. Quedaban dos fallos. Al tercero... ¡ahorcado!

L I _ A N _ _ O _ O

–La R.

¡Bien, una R!

L I _ A N _ R O _ O

Entre la I y la A podía haber una G... ¿Se arriesgaba?
Claro que también podía ser una T o una L...

–¡La G!

Se quedó helado al ver que el alcalde ponía ya la
soga.

L I _ A N _ R O _ O

–¿La T? –pronunció lleno de dudas.

Acertó. La palabra quedó así:

L I _ A N T R O _ O

Dos letras, solo dos letras. ¿Por qué no las sabía? ¿Por
qué no reconocía ya la dichosa palabrita? ¿Era Lisan...?
No, porque ya había dicho la S. ¿Era Livan...? ¡Diablos!
Miró la penúltima. Tal vez por allí... ¿Qué podía haber
entre dos oes? ¿Una L? Sí, seguro. La palabra acababa en
OLO, aunque también podía ser ODO, y OZO, y...

Se mordió el labio inferior.

–Una L.

Casi creyó morirse cuando el alcalde, solemnemente, le puso el nudo a la soga.

L I _ A N T R O _ O

Un único fallo y le ahorcaba. Dos letras para ganar. Con solo que acertara una, seguro que la otra ya le sería más fácil. ¿Pero cuál podía ser? ¿Qué letras eran las más usadas después de las que ya había enunciado? ¿Por qué no lo recordaba?

Se sintió perdido.

Quedaban muchas letras.

–Venga, anímate –pidió el alcalde.

–¿No me hace trampa?

–No.

–Está bien –se sintió desfallecido–. La D.

Contuvo la respiración. La mano del hombrecillo se dirigió al suelo. Pero no a los espacios aún vacíos en la palabra, ¡sino al cadalso!

¡Y le ahorcó!

Ahí estaba él, colgado simbólicamente de la soga.

L I _ A N T R O _ O

–¡Oh, no! –lamentó Virgilio.

–La palabra era LICÁNTROPO, amigo mío. Te faltaban la C y la P.

Las puso y la completó.

LICÁNTROPO

¿Licántropo? ¡Pues claro! ¡Y con lo que le gustaban a él las historias de hombres lobo! Aunque nunca los llamaba así. Lo recordaba vagamente, lo sabía, pero... nunca los llamaba así.

Había perdido.

–Vamos, Virgilio –le dijo el alcalde con ternura.

Y como ya hizo otras veces, cordial y lleno de sensible bondad, le pasó el brazo por encima de los hombros.

O el infinito Mundo de Las Letras era menos infinito de lo que parecía, o lo de la «entrada» y la «salida» era más bien flexible, porque no lejos del Palacio de los Sueños, cerca de unas rocas de piedra caliza muy viva y brillante, el señor alcalde se detuvo.

Con todas las trazas de haber llegado al final del trayecto.

–Virgilio –comenzó a despedirse–, espero que esto te haya servido para algo.

–¡Oh, sí, seguro! –asintió vehemente él.

–No sé, no sé –el hombrecillo movió su redonda cabeza mostrando desconfianza–. A veces mucho entusiasmo y luego...

–De verdad que no, palabra.

–Es como cuando os regalan un juguete nuevo por Navidad o en el día del cumpleaños. Os pasáis dos horas jugando con él, o dos días incluso, pero después... ahí se queda, en un rincón.

–Esto es distinto –aseguró Virgilio.

–Claro que lo es. Y espero que hayas sabido apreciarlo. No todo el mundo puede leer El Libro, ni estar aquí.

–Señor alcalde... –la voz del muchacho se revistió de emoción.

–No me gustan las despedidas –le advirtió su compañero–. Recuerda que todo está aquí –le puso el dedo índice en la frente, como la otra vez– y aquí –lo llevó hasta el corazón–. Vive, Virgilio, vive.

–Voy a leer libros de toda esa gente –señaló hacia el Palacio de los Sueños–. Puede que tarde, porque algunos ahora no los entenderé, pero con el tiempo...

El dirigente de aquel extraordinario lugar le tendió la mano.

–Chócala.

Virgilio puso la suya en ella. Casi al momento, tras el apretón inicial, se sintió arrastrado hacia el pecho de su nuevo amigo. El alcalde le palmeó la espalda con toda energía.

–Has sido un buen discípulo –reconoció.

–Gracias –gimió Virgilio, ahogado por el arranque y el énfasis del señor alcalde.

–Ahora anda, vete, que aún me voy a emocionar.

Se apartó de él y lo dejó libre.

Virgilio no supo qué hacer ni adónde ir.

–Pero ¿cómo se sale? –preguntó.

–Igual que como has entrado, pero al revés.

–Yo he abierto El Libro y...

–Pues ahora ciérralo. Es lo que se hace cuando uno termina de leer.

–¿He leído El Libro? –se quedó boquiabierto Virgilio.

–Enterito –sonrió su amigo.

El chico miró a su alrededor.

Entonces lo vio.

Juraría que antes no estaba allí, pero tampoco podía estar seguro. El grueso volumen descansaba sobre un pedestal de mármol negro, justo al pie de las rocas. Incluso desde su posición se notaba que ahora la parte gruesa estaba a la izquierda, y que en la derecha apenas si quedaban una o dos páginas.

–Suerte, Virgilio –le deseó el alcalde.

El muchacho le dirigió una última mirada. Tenía un nudo en la garganta.

Después caminó en dirección al pedestal. El alcalde no se movió.

–El tiempo empezará a contar desde que te asomes de nuevo al Libro –dijo el hombre–. Sé rápido.

¿Rápido?

¿Para qué?

Llegó frente a la obra.

Miró la última página y lo comprendió.

En ella estaba escrita una frase y aparecía un curioso grupo de símbolos.

La frase decía:

«El Libro no podrás terminar ni cerrar, sin este acertijo descifrar».

Y los símbolos eran estos:

Debía averiguar cuáles eran la primera y la séptima figura.

Miró su reloj, instintivamente. Se había puesto en marcha de nuevo.

El tiempo volvía a contar.

Su madre...

Volvió la cabeza, asustado.

–¡Señor alcalde!

–¿Qué pasa ahora?

–¡Hay un acertijo, y yo no sé...!

–Te acabo de desear suerte y ya te estás rindiendo, ¡pues sí que has aprendido algo aquí!

–¡Es que esto es muy difícil! –protestó Virgilio, aterrado.

–¡Virgilio! –exclamó el hombrecillo abriendo los brazos–. ¡Piensa, hombre, piensa!

Lo intentó, pero lo único que sabía ahora era que el tiempo transcurría de nuevo. Aunque se quedara allí, algo que deseaba mucho, resultaba imposible si «afuera» pasaban los minutos tanto como «dentro». Su madre empezaría a creer que le había sucedido algo, y él...

–¿Qué pasa si no lo resuelvo? –quiso saber.

–Pues que te quedarás –dijo el alcalde–. Pero no como hasta ahora. Será distinto.

–¿Cómo de distinto?

–Distinto.

Se echó a temblar.

Bueno, y si pasaba la página sin más, ¿qué?

Lo intentó, cogió la página y trató de llevarla al otro lado.

No pudo.

Era como si estuviese clavada, o como si pesara una tonelada, o... Imposible.

–¡No puedo moverla!

–¿Qué te creías? La última página de un libro es la página más importante, la que contiene el desenlace.

¡No puede pasarse sin ser leída, ni verse antes de llegar a ella sin haber leído las demás!

–Pero si todo iba tan bien, ¿por qué ahora esto?

–Las cosas no son fáciles en ninguna parte, hijo –consideró el alcalde–. Todo libro tiene un final emocionante, y El Libro no es distinto. Ese es Su Final Emocionante. Y tú eres el protagonista.

Empezó a sudar.

El tiempo corría. Ahora su reloj parecía haberse vuelto loco.

Se concentró en las cinco figuras.

Era imposible que encontrara la clave. Imposible. Aquello incluso se parecía al problema que le había presentado Tomás al salir de la escuela.

–¡Señor alcalde, por favor!

Miró hacia él.

Se estaba desvaneciendo.

–Piensa, Virgilio, piensa.

Hasta su voz era lejana.

¿Pensar? ¡Ya pensaba!

Ya...

–Un momento.

Una especie de blanca, cegadora y silenciosa explosión estalló en su mente.

Letras.

Todo se resumía en lo mismo: letras. Estaba en el Mundo de las Letras.

Y si era así...

Al lado del Libro había un rotulador negro. Lo cogió. Su mano dejó de temblar, y también su corazón.

–¡Señor alcalde!

No obtuvo respuesta.

–¡Señor alcalde, lo tengo!

Nada.

Buscó a su compañero. Solo encontró una sonrisa flotando en el aire. Una sonrisa que se iba alejando.

No hubo ningún sonido, pero él escuchó la voz:

«¡Suerte, Virgilio, suerte! ¡Lee y vive!».

Ya no esperó más. Dibujo los dos signos.

Y, al instante, las figuras se desdoblaron en dos.

Letras.

Letras en un espejo, reflejándose a sí mismas.

Tan sencillo.

AA ꓭB ꓛC ꓷD ꓱE ꓞF ꓨG

El último juego.

Entonces...

Virgilio percibió un leve temblor, como si un terremoto muy profundo sacudiera la tierra. No tuvo miedo.

Su mano buscó el borde de la última página de El Libro. Lo cogió y empezó a llevarla hacia el otro lado.

La página, como cualquier hoja de papel, se dejó guiar.

A lo lejos, la sonrisa flotante del alcalde del Mundo de las Letras tituló por última vez.

Y desapareció.

Como empezaron a desaparecer las rocas, el suelo, las plantas, las flores, los árboles, el cielo, el horizonte...

Muy despacio.

Mientras en su lugar se formaban las cuatro paredes, el suelo y el techo de la sala de la biblioteca.

VIRGILIO CONTEMPLÓ EL LIBRO.

Sabía que era inútil, podía entenderlo, pero aun así... intentó abrirlo de nuevo, por la última página, por la gruesa tapa que ahora lo cerraba del otro lado.

No pudo.

Tampoco pudo darle la vuelta.

Pesaba una tonelada. Un millón de toneladas.

Miró la hora.

Su reloj funcionaba perfectamente.

Se preguntó, por primera vez, si todo aquello no habría sido... un sueño.

Una ilusión.

Y recordó algo.

Temió llevar su mano al bolsillo, pero lo hizo.

Temblando.

Sacó el crucigrama.

No, no había sido un sueño, ni una ilusión. El crucigrama era la prueba.

Respiró tranquilo.

Pasó su otra mano por la superficie de El Libro mientras se guardaba el crucigrama en el bolsillo con cariño.

Sintió amor. Sí, la palabra era ni más ni menos esa: amor.

Amor por lo que aquello representaba y por todo lo que había allí dentro.

Y fuera de él.

Se hacía tarde, así que respiró profundamente y dio media vuelta, muy a su pesar.

La puerta de la habitación quedaba muy cerca, aunque a él se le antojó lejana.

Al otro lado había un mundo real.

Pero lleno de libros.

Así que sonrió.

Puso la mano en el tirador, lo movió hacia abajo. Luego abrió la puerta y salió afuera.

Cuando había entrado, inscrita en la madera había una gran frase: «Todo lo imprescindible para ser un gran humano reside aquí».

Ahora había otra:

Ni siquiera le extrañó.

Ya no le extrañaba nada.

Cerró la puerta y caminó en dirección a la bibliotecaria, que seguía en el mismo sitio, anotando cosas. Cuando llegó frente a ella, esperó a que la mujer levantara la cabeza.

—Vaya —se sorprendió—. ¿Ya estás? Pues sí que has ido rápido.

Virgilio pasó del comentario.

—Oiga... Yo...

—Vamos, vamos, que no tengo todo el día —le apremió ella.

Sí, desde luego, había regresado al mundo real.

—¿Puedo volver mañana? —preguntó Virgilio.

—Claro que puedes volver, faltaría más —repuso la señora—. Esto es gratis.

—¡Bien! —suspiró él.

—Pero no vas a poder volver a leer ese... Libro —le aclaró acto seguido.

—¿Por qué?

—Porque aquí hay miles de libros, y todos son tan buenos o más que ese.

—Oiga, pero... —protestó Virgilio.

—Niño, yo no hago las reglas. Está prohibido leer ese Libro dos veces.

—Lo compraré.

Le dijo lo mismo que le había dicho el escritor:

—No se vende.

Aquello era inaudito. Increíble.

—¡No se puede prohibir leer un libro, ni siquiera El Libro! ¡Solo faltaría eso!

La mujer le mostró una sibilina sonrisa que le iba de oreja a oreja.

–Con tanto entusiasmo, no sé cómo no te he visto antes por aquí –dijo despacio, recalcando cada sílaba.

Se sintió atrapado.

–Es que...

Y sin argumentos.

–Vuelve mañana –ahora la voz de la bibliotecaria era de nuevo normal y agradable–. Todo lo que hay aquí es como ese Libro. ¿No te lo ha dicho... él?

–¿Le conoce?

–¿A quién?

–Pues a él.

–Oh, puede que sí... puede que no. Depende de que él sea él.

Virgilio la observó fijamente. Misterios aparte, se parecía algo a...

No, imposible.

Aunque...

Desde luego, era muy redondita, rechoncha.

–¿Quién es usted? –inquirió.

–¿Yo? Una bibliotecaria mal pagada y con exceso de horas de trabajo, como todas.

Le guiñó un ojo.

Virgilio no supo qué hacer. Las manecillas del reloj corrían. Como no llegase a casa en cinco minutos, se la iba a cargar.

Volvió la cabeza para mirar a lo lejos, en dirección a la puerta.

Pero ya no estaba allí.

Se llevó la mano al bolsillo.

El crucigrama sí.

Suspiró.

De locos o no, se le hacía tarde.

–Gracias –le dijo a la mujer.

–De nada.

Dio media vuelta y empezó a andar.

–Vuelve cuando quieras –le invitó ella.

–Mañana mismo.

–Te prepararé algunos libros.

–Vale.

Ya estaba cerca de la salida.

–Adiós, Virgilio.

–Adiós.

Se detuvo. ¿Cuándo le había dicho el nombre a la bibliotecaria?

De locos. Sí, de locos.

Pero muy emocionante.

Súper.

Salió a la calle.

Nada más pisar la acera, echó a correr. Y nada más echar a correr, le vino algo a la cabeza. Eso hizo que, pese a la hora, se desviara noventa grados y, tras arreciar en la carrera, se dirigiera al parque.

Tenía que ver a Tomás.

Como amigo, no podía dejarle pasar toda la noche sumido en la angustia.

Llegó al parque en un minuto y, en efecto, vio a su amigo sentado en el banco en el que solían sentarse juntos para merendar o planear un juego. Tomás estaba con la cabeza apoyada en las manos, los codos en las rodillas y el papel con la prueba del profesor de matemáticas en el suelo.

–¡Tomás! –lo llamó.

La tortura de su camarada debía de ser muy profunda, porque ni le oyó.

Llegó hasta él.

–¿Qué haces aquí? –frunció el ceño con extrañeza su preocupado y atribulado amigo al verle.

–Vengo de la biblioteca.

–¿De la biblioteca?

–Sí.

–¿Y para qué has ido tú a un sitio así?

–Tomás, eres un burro –le soltó Virgilio.

Su compañero parpadeó.

–Oye, ¿estás bien del tarro? –le miró dudoso.

¿Se lo contaba? No le iba a creer. Y si le llevaba a la biblioteca al día siguiente y no había puerta, ni Libro, porque solo unos pocos tenían acceso a él... sería peor.

Cada vez era más tarde.

–Te he resuelto el problema –dijo Virgilio.

Tomás se le quedó mirando como si estuviese realmente loco.

–¡No!

–Sí.

–¡Anda ya!

–Dámelo –señaló el papel del suelo.

–Pero...

–¿Quieres que te diga cuál es la sexta figura ahora o no?

–Sí, sí... ¡Sí!

Le tendió el papel, y hasta un bolígrafo que sacó de uno de sus bolsillos.

Sí, era sencillo. Virgilio miró las cinco figuras y sonrió. Tan elemental como la clave para poder cerrar El Libro unos segundos antes.

Y Virgilio escribió la sexta figura. Así:

Se la mostró a su amigo.

–¿De veras es eso? –dudó Tomás.

–Deberías ir más a la biblioteca –le dijo muy chulamente Virgilio–. Allí hay respuestas para todo.

–¿Pero qué tiene que ver...?

–¿No comprendes que esto es un seis reflejado en sí mismo, como las cinco figuras previas?

Y pasó una raya vertical por cada uno de los símbolos, dividiéndolos en dos.

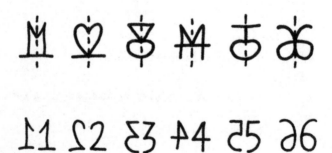

Número y reflejo.

Número y sombra.

Las matemáticas, a lo mejor, también servían para jugar.

Tomás lo contempló como si fuera un superdotado, Einstein redivivo.

–Me debes una –le dijo Virgilio.

–Tío...

–Si leyeras un poco más –sonrió él.

Y echó a correr en dirección a su casa, ya con el tiempo sobrepasado, pero sabiendo que aunque su madre le diera la vara por llegar tarde, había valido la pena.

Vaya que sí.

Además, tenía un crucigrama por resolver.

AGRADECIMIENTOS

La larga gestación de este libro se inicia con la publicación de *Florid and Unusual Alphabets* a cargo de Dover Publications Inc. de Nueva York en 1976. Se completó en Varadero, Cuba, en mayo de 1998, y se escribió en Vallirana, Barcelona, en los meses de junio y julio de 1998.

A pesar de que todos los juegos, crucigramas, saltos de caballo, sopas de letras, etcétera, han sido confeccionados por mí, la ayuda valiosa e indispensable de algunas personas ha sido esencial para llevar a buen puerto el resultado final. Mi gratitud a mi esposa, Antonia Cortijos –que se encargó de la logística y las correcciones–, y a mi asesor Alberto Monterde, así como a Montserrat Sendil y, muy especialmente, a Ramón Giné i Farré, máxima autoridad palindrómica y bifróntica de España, sin cuya ayuda no habría sido posible poner más allá de los tres palíndromos que yo sabía. Otras fuentes consultadas han sido el Cancionero y el Refranero popular español y el indispensable Larousse Ilustrado para las definiciones de tantas y tantas palabras.

Este libro está dedicado a todos los niños y niñas –y no tan niños y niñas– que no leen, que nunca han leído y que odian leer, hasta que un día cae en sus manos esa obra que les abre la puerta de una nueva dimensión.

Ah, y para que no quede nada sin resolver, esta es la solución del crucigrama pendiente:

HORIZONTALES – 1: PENTECOSTÉS – 2: OTERO - REIJU –
3: RODAZILISOF – 4: DI - SARAS - NI – 5: IROL - A - IDEC –
6: O - DAD - ILU - I – 7: SEID - I - LOPE – 8: ER - ALHUE - AN –
9: RATROPSNART – 10: ONATE - AZOTE – 11: SUPERÁRAMOS.

VERTICALES – 1: PORDIOSEROS – 2: ETOIR - ERANU –
3: NED - ODI - TAP – 4: TRASLADARTE – 5: EOZA - D - LOER –
6: C - IRA - IHP - A – 7: ORLA - I - USAR – 8: SEISILLENZA –
9: TIS - DUO - AOM – 10: EJONE - PARTO – 11: SUFICIENTES.

LAS LETRAS

Todos los tipos de letra habituales utilizados en este libro proceden de simples programas de ordenador. Las «letras y los abecedarios especiales», que constituyen una parte esencial de la obra, proceden en su mayoría del ilustrador Ivan Castro, pero el resto son de los siguientes autores y épocas:

Capítulo 7: ABECEDARIO DEL BOSQUE, Klimsch. FAROLAS, Otto Weisert, Stuttgart, Alemania. ABECEDARIO DEL ZOOLÓGICO, Silvestre, *Animal Alphabet*, siglo xix, Francia.

Capítulo 13: LETRAS GÓTICAS, Midolle. MUSEO y ALFABETO HUMANO, Silvestre, *Human-Figure Alphabet*, siglo xvii, Italia.

Capítulo 15: INSTRUMENTOS MUSICALES por Antonia Cortijos Sánchez, 1998.

Capítulo 16: CONSTRUCCIÓN DE LETRAS, Geoffrey Tory, *Arte y Ciencia de la Debida y Verdadera Proporción de las Letras según el Cuerpo y el Rostro Humanos*, Francia, 1520.

La casi totalidad de abecedarios utilizados para crear *El fabuloso Mundo de las Letras* proceden del siglo xix o han sido recopilados en él aunque su procedencia sea anterior. Debido a ello, en muchos casos se observa la falta de determinadas letras, como la J, suplida a veces por la I. También es notorio el empleo de la U y la V indistintamente. En algunos abecedarios se obviaron así mismo letras como la W. Entre los principales maestros calígrafos de esta obra, destacan J. Midolle, escribano, compositor y miembro de diversas Sociedades de Arte, cuya obra se recopiló entre 1834 y 1835; Silvestre, Profesor de Caligrafía de los Príncipes, obra recopilada en 1843; y Karl Klimsch. A todos ellos, gracias por su legado.

JORDI SIERRA I FABRA

TE CUENTO QUE A IVAN CASTRO...

... en el colegio nunca le echaban la bronca por su mala letra. Al contrario, ¡era él quien tenía que enseñar a los demás! Ahora lo sigue haciendo profesionalmente, ya que se dedica a la caligrafía tal y como soñaba de pequeño, cuando leía sus cómics preferidos y repetía sin cesar las letras que más le atraían. Seguro que si al entrar en una biblioteca encontrara un libro como *El fabuloso Mundo de las Letras*, se quedaría en él sin dudarlo.

Ivan Castro nació en Barcelona en algún año del siglo XX. Es diseñador gráfico especializado en caligrafía, *lettering* y tipografía. Después de trabajar en diferentes estudios de diseño, en 2010 se estableció por su cuenta y combina sus encargos con la docencia.

Si quieres saber más de Ivan Castro, visita su página web:

www.ivancastro.es

TE CUENTO QUE JORDI SIERRA I FABRA...

... se define a sí mismo como una persona romántica, sentimental y apasionada. Además, afirma creer firmemente en las utopías. Y es que este autor tiene el convencimiento de que, sin esos cuatro ingredientes, ni se pueden escribir buenos libros ni se puede andar por la vida. Y si de algo sabe Jordi es de caminar. De recorrer el mundo de un lado a otro, de punta a punta, de cabo a rabo. La lista de países que conoce es tan larga como la de libros que lleva publicados o la de discos que tiene en casa. Y es que en sus estanterías hay más de 30.000 discos. El cine es otra de sus grandes aficiones; de hecho, no hay noche en que no se pase por una sala de proyección. Y cuando termina con la cartelera, vuelve a sus DVD. Y es que Jordi sabe cómo disfrutar de la vida, bebiéndola segundo a segundo.

Jordi Sierra i Fabra nació en Barcelona en 1947. Tras una brillante carrera en el mundo del periodismo musical, decidió dedicarse de lleno a la literatura. A juzgar por su currículum, plagado de títulos, premios y enormes cifras de ventas, su decisión fue acertada.

Si te ha gustado este libro, visita

LITERATURA**SM**·COM

Allí encontrarás:

- Un montón de libros.
- Juegos, descargables y vídeos.
- Concursos, sorteos y propuestas de eventos.

¡Y mucho más!

 Para padres y profesores

- Noticias de actualidad, redes sociales y suscripción al boletín.
- Propuestas de animación a la lectura.
- Fichas de recursos didácticos y actividades.